MAIS QUE AMIGOS

LAUREN LAYNE

MAIS QUE AMIGOS

TRADUÇÃO
ALEXANDRE BOIDE

10ª reimpressão

paralela

Copyright © 2015 by Lauren LeDonne

A Editora Paralela é uma divisão da Editora Schwarcz S.A.

Grafia atualizada segundo o Acordo Ortográfico da Língua Portuguesa de 1990,
que entrou em vigor no Brasil em 2009.

TÍTULO ORIGINAL Blurred Lines
CAPA Marina Avila
FOTO DE CAPA g-stockstudio/ iStock
PREPARAÇÃO Lígia Azevedo
REVISÃO Adriana Bairrada e Renata Lopes Del Nero

Dados Internacionais de Catalogação na Publicação (CIP)
(Câmara Brasileira do Livro, SP, Brasil)

Layne, Lauren
   Mais que amigos / Lauren Layne ; tradução Alexandre
Boide. — 1ª ed. — São Paulo : Paralela, 2018.

   Título original: Blurred Lines.
   ISBN 978-85-8439-107-3

   1. Ficção norte-americana I. Título.

18-12738   CDD-813

Índice para catálogo sistemático:
1. Ficção : Literatura norte-americana   813

[2022]
Todos os direitos desta edição reservados à
EDITORA SCHWARCZ S.A.
Rua Bandeira Paulista, 702, cj. 32
04532-002 — São Paulo — SP
Telefone: (11) 3707-3500
editoraparalela.com.br
atendimentoaoleitor@editoraparalela.com.br
facebook.com/editoraparalela
instagram.com/editoraparalela
twitter.com/editoraparalela

MAIS QUE AMIGOS

1

PARKER

No segundo ano do ensino médio, fiquei amiga de uma menina chamada Korie Hamilton.

Ela até que era legal.

Exagerava um pouco no delineador roxo, não parava de falar e dizia "tipo" toda hora, mas fazíamos as mesmas aulas do primeiro semestre, então a amizade meio que veio por inércia.

Enfim, Korie sempre dizia que seu melhor amigo no mundo todo era Stephen Daniels, um garoto que conhecera quatro semanas antes de promovê-lo a esse status.

Era, *tipo, aimeudeus, a melhor coisa do mundo* ter um cara com quem conversar sem as complicações que vêm com o envolvimento romântico.

Sei.

É verdade que melhores amigos de verdade não conseguem passar mais de duas horas sem mencionar o nome um do outro, mas Korie arrumava um jeito de mencionar Stephen a cada duas frases.

Não era "só amizade" nada.

Acho que a relação deles foi mesmo platônica por um tempo. Stephen tinha uma namorada chamada Libby Tittles ou qualquer coisa do tipo, e Korie vivia indo e voltando com o namorado do tempo do fundamental.

Mas qualquer um que já tenha visto um filme ou um programa de tv, ou que possua um conhecimento básico das formas de interação humana, sabia exatamente para onde Korie e Stephen estavam se encaminhando: para a terra da pegação.

Apesar de Korie jurar que não gostava dele "daquele jeito", os dois já estavam solteiríssimos no feriado de Ação de Graças daquele ano.

No recesso de fim de ano, Korie não estava mais tão ocupada falando "tipo" o tempo todo. Por quê? Porque a língua de Stephen estava dentro da boca dela antes da aula, depois da aula e nos fins de semana.

Mas todo mundo sabe como isso acaba, certo? Alguns meses depois, Korie e Stephen não só não eram mais um casal como nem chegavam perto de ser "melhores amigos".

O rápido romance e o rompimento que se seguiu quase não provocaram fofocas na escola, mas gosto de pensar que todos aprendemos uma boa lição:

Garotos e garotas não conseguem ser só amigos. Ou pelo menos não melhores amigos.

As coisas acabam se complicando.

Agora vamos avançar alguns anos na história...

Aos vinte e quatro anos, tenho um anúncio de utilidade pública a fazer: eu estava errada.

Garotos e garotas podem, *sim*, ser melhores amigos.

Dá para ter um relacionamento platônico com um cara sem qualquer desejo romântico, fantasia sexual e tentativas fúteis de esconder a dor do amor não correspondido com declarações ingênuas como "eu não gosto dele desse jeito".

Como é que eu sei disso? Como sei que homens e mulheres podem ser melhores amigos sem qualquer envolvimento romântico?

Porque sou o lado feminino dessa equação há seis anos.

Seis *anos*.

!

História verídica:

Ben Olsen e eu nos conhecemos nas férias de verão anteriores ao nosso primeiro ano na Universidade do Oregon, durante a recepção aos calouros. Fomos colocados no mesmo grupo em uma dessas atividades tenebrosas para quebrar o gelo, em que se gruda um papelzinho na testa e tenta adivinhar qual animal somos ou coisa do tipo. Então a coisa...

Rolou?

Não sei por que desde o começo foi algo meio "você é legal, mas não vai rolar nada entre nós", mas foi.

Talvez porque eu já estivesse de olho em outro cara do grupo. Ou talvez porque meus ovários me avisaram que a beleza absurda de Ben em algum momento partiria meu coração. De qualquer maneira, fizemos o impossível.

Viramos melhores amigos.

E, sim, todas as minhas amigas me deram o mesmo aviso que eu dera a Korie Hamilton antes: "Isso não vai dar certo".

As meninas não tinham uma visão unânime de como as coisas iam mudar entre nós, mas estavam certas de que ia acontecer.

Uma parte delas achava que Ben e eu éramos almas gêmeas e só estávamos curtindo um pouco antes de casar e ter filhos.

Outra parte achava que íamos acabar bebendo demais uma noite, dar uma trepada horrível e depois cortar relações de uma vez por todas.

Ben e eu provamos que todas estavam erradas quando o primeiro ano de faculdade acabou e nossa amizade continuou inabalável. No segundo ano, a história se repetiu.

No terceiro, a coisa ficou séria de verdade. Estávamos mais próximos que nunca, passando inclusive a *morar na mesma casa*. Aconteceu meio que por acaso, quando uma das pessoas que iam dividir com ele desistiu de última hora. Eu me dei conta de que não ia aguentar a comida do alojamento por mais um ano, então fui morar lá. E deu certo. De modo que, no ano seguinte, repetimos a dose.

E aqui estamos nós, dois anos depois da formatura, ainda morando sob o mesmo teto. Só não é mais a casa caindo aos pedaços perto do campus em Eugene, e sim em um imóvel de dois quartos em Northwest, Portland.

E sim, tudo continua platônico como antes, sem nenhum sinal de mudança no ar. Sou apaixonadíssima por Lance Myers, com quem estou há cinco anos, e Ben...

Ben está em uma impressionante missão de tentar seduzir toda a população feminina do oeste do Oregon.

"Vocês têm leite?"

Ah, lá vamos nós... a bola da vez. Levanto os olhos e vejo uma loira alta e magra parada na porta da cozinha.

"Leite?", ela repete.

Dou mais uma colherada no cereal, me segurando para não olhar ironicamente para a tigela com *leite*. Óbvio que temos.

"Na geladeira", digo com um sorriso simpático. Ela retribui, e covinhas profundas se formam em suas bochechas. Dá para entender por que Ben se interessou por ela.

A garota passa pela mesa e vai até a geladeira. Faço uma careta quando vejo a expressão CABEÇA-OCA estampada em sua calça azul-clara. Sério?

A cabeça-oca pelo jeito esqueceu que queria leite, porque pega uma das latas de café gelado da Starbucks que mantenho estocadas para as manhãs de segunda-feira em que preciso de uma energia extra, o que *sempre* acontece, porque, bom, existe dia pior que segunda?

Sem pedir, ela abre a lata e dá um gole, o que é um pouco irritante, mas nunca fui de desperdiçar energia implicando com coisas bobas, então deixo quieto.

"Meu nome é Parker", me apresento.

"Liz. Você namora o cara com quem Ben divide este lugar?"

Considerando que sei que Liz é apenas mais uma na longa lista de transas de uma noite só, "namorar" parece um termo bem animado. Como sabe que não sou só mais uma, como ela mesma?

Mas não faço nenhum comentário a respeito.

Afinal, o que ela deveria perguntar? *Você também ficou bêbada e dormiu com um cara que mal conhece?*

Além disso, vai ser divertido surpreendê-la.

"Eu *sou* o cara com quem Ben divide este lugar", respondo, mantendo o sorriso simpático no rosto. Estou com um pijama bem velho e nem tentei tirar o rímel da noite anterior, que está espalhado por toda a minha cara. Com certeza não pareço uma ameaça.

Mas posso estar enganada.

Liz detém o passo, bebendo meu café gelado caríssimo. Sua expressão passa de curiosa a cautelosa.

Nem ligo. Meu nome é unissex e Ben evita mencionar que mora com uma garota quando quer trazer alguém para casa. Ele passou a fazer isso depois de perder algumas garotas apegadas demais à ideia de que homens e mulheres não podem ser apenas amigos.

Tolinhas.

Ben aparece na cozinha, com uma calça de moletom parecida com a de Liz, só que verde-escura e com a estampa do mascote do time da universidade na bunda, em vez de uma expressão idiota. A gente se formou alguns anos atrás, então é um pouco patético, mas não posso dizer nada, porque todas as minhas roupas de ginástica consistem em camisetas velhas daqueles tempos.

Ele boceja e sorri. "Bom dia. Liz, Parker. Parker, Liz."

Ben não percebe que Liz olha feio para ele, ou nem liga, porque já conseguiu o que queria com ela.

Esse é outro motivo por que não consigo nem pensar em Ben desse jeito: ele é bem galinha. Como amiga, não me incomodo, mas como mulher? Jamais. De jeito nenhum. Nem com todos os exames de DSTS do mundo.

"Ei, o que aconteceu com a regra de usar camiseta na cozinha?", pergunto, enfiando outra colherada de cereal encharcado de leite na boca.

"Essa regra não existe", ele rebate, com uma piscadinha para a cabeça-oca. A expressão dela se suaviza um pouco, e preciso me segurar para não mandar a garota cair na real. Sinto vontade de dizer que as piscadinhas são distribuídas às centenas, mas para quê? Está escrito na calça de Liz que ela é uma cabeça-oca.

"Existe, sim, uma regra sobre usar camiseta na cozinha", insisto. "É a número catorze. Por falar nisso, onde estão as regras?"

"Não faço ideia", ele diz, abrindo a geladeira quase vazia e examinando-a rapidamente antes de desistir e se servir de uma xícara de café. "Mas *posso* ter usado para limpar suco de laranja da mesa outro dia." Ele estala os dedos. "Não, espera aí, lembrei. Eu joguei fora, simples assim."

Aponto para a porta. "Vai se vestir. Agora."

Ele lança um olhar para Liz. "Ela não consegue se controlar quando vê o tanquinho. Quase desmaia."

Liz dá uma risadinha, mas me lança um olhar interrogativo, como se estivesse tentando se certificar de que eu não ia mesmo desmaiar diante do corpo impressionante de Ben. O cara parece uma máquina. Só cabula a academia quando a ressaca é brava.

"Quer sair para tomar café?", Liz pergunta a ele.

Ah, pobre cabeça-oca. Nem imagina onde se meteu.

Ben faz cara de lamento. "Adoraria, mas prometi que iria até a IKEA com Parker comprar uma prateleira pra coleção de bonecas dela."

Pego uma colherada enorme de cereal, o que me impede de falar, então me contento em olhar feio para ele. Ben está quebrando outra regra da casa: *Não usar o nome Parker para dispensar uma garota pela manhã.*

Acho que inclusive acrescentei uma nota de rodapé à regra: *Principalmente mencionando a IKEA.* Odeio essa loja.

"O namorado dela não pode fazer isso?", Liz pergunta.

Ah, péssima jogada, cabeça-oca. Deixa na cara que está tentando descobrir se sou ou não uma concorrente.

"Ele é um cara delicado", Ben responde, animado. "Tem mãozinhas minúsculas."

Mais uma regra quebrada: *Não falar mal de Lance para usar Parker para dispensar uma garota pela manhã.*

Lance não é delicado. Ele pode não ser fanático por academia como Ben, mas não é um molenga, e suas mãos não têm nada de minúsculas.

Por outro lado, interferir na conversa só manteria Liz na casa por mais tempo, e eu gostaria que a cabeça-oca voltasse logo para o alojamento.

Dou a última colherada no cereal e levanto. "Acho melhor a gente ir", digo, ainda mastigando. "A IKEA fica uma loucura de sábado, e as prateleiras grandes podem acabar."

"Quantas bonecas você tem?", Liz pergunta, com uma expressão dividida entre desprezo e pena.

"Cinquenta e sete", digo na maior cara de pau. "Na verdade, Ben, se você for demorar, acho que vou dar uma penteada nos cabelos delas. Ontem à noite percebi que o da Polly está meio embaraçado."

Ben vira todo o café, se afasta do balcão e sacode a cabeça negativamente para mim. "Coitada... Tão maluquinha..."

Então ele vira para Liz, põe as mãos em sua cintura fina e a puxa com um sorriso de desculpas. "Que tal deixar o café da manhã para outro dia?"

Mal consigo segurar o riso. No dicionário de Ben, "deixar para outro dia" é sinônimo de "vou apagar seu telefone assim que for embora".

Em menos de um minuto, Ben está conduzindo Liz porta afora. Para minha surpresa, ela nem fica irritada. Vou atrás dos dois, só para provocar, observando enquanto Ben cochicha alguma coisa em seu ouvido. Ela arregala os olhos e abre um sorriso de compaixão para mim, como quem diz que vai ficar tudo bem. Então se dirige para a calçada com um aceno.

"O que foi que você disse pra ela?", pergunto, dando um gole no café enquanto observo a partida de Liz.

"Que você era uma órfã e que a única coisa que sua mãe deixou foi uma boneca chamada Polly. Daí a obsessão."

Balanço negativamente a cabeça. "Você sabe que vou reescrever as regras da casa. Com item 'nada de bonecas' a mais."

Liz dá um último aceno. Ben e eu retribuímos, mas não consigo me segurar quando ela vira as costas para ir embora. "Boa ressaca moral!", grito, com a voz mais doce de que sou capaz.

Ela vira a cabeça de imediato, tentando determinar se me entendeu direito, mas Ben põe a mão na minha cabeça e me empurra para dentro, fechando a porta.

Ben esfrega o abdome num gesto distraído enquanto me olha de cima a baixo.

"É melhor você se trocar. Não dá pra ir à IKEA com esse short velho e essa camiseta horrível."

"Em primeiro lugar, dá para usar o short mais velho e a camiseta mais horrível do mundo pra ir à IKEA. É praticamente regra para entrar na loja. Em segundo lugar, a gente não vai lá. Você está tão viciado nas suas mentiras que agora acredita nelas?"

"A gente vai, sim", ele diz, passando as mãos pelos cabelos castanhos e começando a subir a escada.

"Fazer o quê?", pergunto.

"Preciso de uma cômoda nova."

"O que aconteceu com a sua?"

"Quebrou."

Franzo o nariz. "Como você conseguiu quebrar uma cômoda?"

Ele me olha por cima do ombro e levanta as sobrancelhas.

Demoro alguns instantes para entender. "A cabeça-oca?" Aponto com o polegar para a porta. "Em cima da cômoda?"

"Ei, ela é alta. Isso me deu um bom ângulo para..."

13

Ponho as mãos nos ouvidos e começo a cantar "Piano Man", de Billy Joel, como costumo fazer quando Ben começa a dar detalhes demais de suas proezas sexuais.

Mais uma regra da casa: *Parker não quer saber o que acontece no quarto de Ben.*

"Ei, você tem alguma coisa marcada com Lance hoje?", ele pergunta.

"Talvez fosse melhor perguntar isso *antes* de programar a ida à IKEA. Mas não. Ele vai passar o dia todo estudando."

Lance está fazendo MBA na Universidade de Portland.

"Legal. Vamos almoçar juntos." Ele sobe para o quarto sem me olhar. Almoçar?

Estreito os olhos e subo a escada correndo, impedindo que ele feche a porta na minha cara.

De fato, a cômoda está inclinada de uma forma nada promissora. Vejo duas, ou melhor, *três* embalagens de camisinha vazias.

Ele pega uma polo no pequeno closet no canto do quarto e procura a calça jeans em meio à bagunça no chão.

Fico à espera.

"Que foi?", ele pergunta.

"Almoço?" Levanto as sobrancelhas e aguardo a explicação.

Ben coça o queixo com a barba por fazer. Como dividimos o mesmo banheiro, sei que ele se barbeia todos os dias, mas aquele visual permanece.

"Bom, sabe aquela garota com quem saí umas semanas atrás? Kim?", ele começa. "Ela queria que eu fosse com ela em um almoço de noivado, mas eu disse que já tinha compromisso. Só que ela é louca o suficiente pra passar aqui pra ver se saí *mesmo*, então acho melhor não ficar em casa..."

Levanto uma das mãos. "Tudo bem. Vou ser seu álibi. Mas eu escolho o restaurante e você paga a conta. Ah, e vai ter que abaixar a tampa da privada por uma semana."

Ele ergue a mão como se estivesse pedindo permissão para falar. "Eu gostaria de propor uma regra da casa: Parker não pode dizer como Ben deve mijar."

"Não é *você* que faz as regras da casa. E eu não disse nada sobre *como* fazer xixi", respondo irritada enquanto ele abre uma gaveta com dificuldade e pega uma cueca boxer. "Estou fazendo um favor pra sua futura esposa, ensinando você a deixar de ser porco."

Ele passa por mim e sai para o corredor. "Mais uma regra da casa: Parker não pode dizer coisas absurdas como 'futura esposa' para um solteirão convicto."

"Você não é um solteirão convicto. É só o típico mulherengo de vinte e quatro anos. E, repetindo, não é você que faz as regras da casa... ei!"

Ele fecha a porta do banheiro na minha cara. Percebo tarde demais que deixei passar os sinais clássicos de uma de suas manobras de distração. Ele só queria usar o banheiro antes de mim.

"Vê se não acaba com a água quente!", grito, batendo com a mão espalmada na porta.

A porta se abre apenas o suficiente para que eu veja um olho azul piscando para mim. "Você não disse que a Polly estava com o cabelo embaraçado? É melhor dar um jeito nisso."

Ele fecha a porta de novo, e eu bato mais uma vez. "Não esquece que a toalha verde é minha. A sua é a branca."

Fico à espera de uma confirmação, mas só escuto o silêncio.

"Sei que você está ouvindo! Nada de usar a minha 'sem querer', só porque a sua está sempre fedida."

Mais silêncio.

Droga. Ele vai usar a minha.

Pois é, meu melhor amigo é um homem. Mas isso não significa que isso *sempre* funcione bem.

2

BEN

Na maior parte do tempo, ter Parker como melhor amiga é demais. Entre as vantagens estão:

1) Apesar de não entender nada de combinação de cores, tenho certeza de que nunca vou sair na rua parecendo um palhaço.

2) O filtro de água é reabastecido com regularidade.

3) Ela lava roupa por *diversão*, e só reclama em uns trinta por cento das vezes em que coloco as minhas com as dela.

Ah, e como a aventura desta manhã demonstrou, ela é um *excelente* pretexto para me livrar das garotas mais grudentas.

Mas tem também as partes não tão legais. Tipo quando ela passa trinta e cinco minutos escolhendo *luminárias*.

"Pega logo essa", digo, apontando para uma qualquer, com pedestal. A atmosfera barulhenta dominada por vozes infantis da IKEA começava a me sufocar.

Ela mal olha para a que sugeri. "Parece um útero."

"Você acha que sei como é um útero?"

"É como essa luminária. E, sinceramente, pelo tempo que você passa correndo atrás de garotas, já deveria estar mais familiarizado com nossas partes íntimas."

"O útero não é..." Eu me interrompo, procurando a palavra certa para tentar descrever as fracas lembranças que tenho da aula de educação sexual do oitavo ano.

Parker ergue as sobrancelhas. "Não é onde fica o bebê?"

Como qualquer cara normal no meu lugar, faço uma careta. "Minha nossa. Por que eu precisaria saber disso? Uso camisinha."

"E não poucas, a julgar pelo estado do seu quarto", ela diz, inclinando a cabeça para examinar a luminária verde-limão em suas mãos. "Você acha que combina com meu edredom?"

"Você sabe que sou praticamente daltônico. Não faço ideia da cor do seu edredom."

"Sério mesmo? Vai fingir que nunca viu? Você deitou anteontem na minha cama com roupa de ginástica. Precisei lavar duas vezes pra tirar o cheiro de homem suado dele."

Balanço negativamente a cabeça. "Coitado do Lance. Deve ter que forrar a cama com um saco plástico antes de transar."

"Lance não tem cheiro de homem suado."

Franzo a testa. "Espera aí. Todo homem tem o mesmo cheiro."

"Não."

Abro a boca para argumentar, mas acabo dando de ombros. Essa é outra coisa que é preciso aprender quando se tem uma garota como melhor amiga. É preciso escolher o tipo de discussão em que se vai entrar.

"Você tem dois minutos pra escolher a luminária", anuncio. "Estou morrendo de fome."

Parker ajeita a alça da bolsa no ombro. "Ah, eu só estava olhando. Não vou levar."

Respiro fundo, prestes a soltar um "você é inacreditável", quando percebo seu sorriso.

"Ah, entendi", digo enquanto nos encaminhamos para os fundos da loja, onde vou pegar minha cômoda nova. "É uma vingancinha. Está brava porque inventei uma coleção de bonecas bizarra pra você."

"Na verdade, foi mais por ter jogado fora as regras da casa. Vou mandar plastificar da próxima vez."

"Ou então você pode criar uma versão on-line e jogar na nuvem, como fazem as pessoas normais nascidas depois de 1980."

Vejo uma lâmpada se acender acima da cabeça dela, e quase me arrependo de ter dado a ideia. Não que faça muita diferença. Nunca levei muito a sério as regras, mas na maior parte do tempo me esforço para não ser um babaca. Tirando o problema com a toalha pela manhã, já que, como mencionei, Parker *adora* lavar roupa.

"É sério, não pega dessa cor", ela diz, sacudindo a cabeça quando levanto os braços para pegar a caixa com a cômoda.

"Madeira é madeira", respondo, dando de ombros enquanto tento encaixar a caixa enorme no carrinho.

"Não, tem madeira de velho e madeira moderna."

"Não vou ser criticado por alguém que coleciona bonecas."

Ela me ignora e devolve a caixa à prateleira. "Aquela ali", Parker aponta.

"Café?", pergunto, lendo a cor na etiqueta.

Mas Parker já começou a digitar no celular. Dou de ombros e a tiro do caminho para poder pegar a caixa.

"Que tal tacos?", ela pergunta, desviando os olhos do telefone.

"Jantei comida mexicana ontem", respondo enquanto posiciono a caixa no carrinho.

"Você disse que eu podia escolher." Parker me lança um olhar desafiador. Seus olhos castanhos levemente dourados me desafiam a contestá-la.

"Se a decisão é unilateral, por que pergunta?"

"*Unilateral*. Gostei. E era um teste. Você passou", ela diz, se aproximando para me ajudar enquanto guarda o celular na bolsa. "Então, como foi que você conheceu a cabeça-oca? Ela deve ter uns dezoito anos."

"Cabeça-oca?", pergunto.

"Era o que estava escrito na calça dela."

"Ah. Mas a calça não era dela. A Lindsay deixou lá na semana passada."

Ela faz uma careta e arruma os cabelos escuros em um coque. Não reparo muito em Parker como garota porque, enfim, é a Parker, mas seu cabelo é bem bonito, estilo modelo da Victoria's Secret: comprido e escuro, com umas mechas mais claras.

Ela é pura Victoria's Secret, na verdade, mas apesar do impacto inicial nunca rolou nada entre a gente. Acho que gosto demais dela para isso.

Fora que Parker namora Lance, e eu gosto do cara. Quer dizer, não é meu melhor amigo nem nada, mas é impossível morar com Parker sem ter algum tipo de relacionamento com seu namorado.

Lance e eu não somos unha e carne, mas vemos uns jogos juntos de vez em quando. Jamais daria em cima da namorada dele, mesmo se eu fosse a fim dela.

O que não sou.

"Então vamos esclarecer as coisas", Parker começa enquanto passo o cartão de crédito no caixa. "Uma garota deixou uma calça lá em casa, o que é bem estranho, e uma semana depois uma estudante de primeiro ano simplesmente resolve usar?"

Dou de ombros e lanço um olhar de soslaio para ela. "Qual é o problema?"

Parker fecha os olhos e coça o cotovelo. "Você não conta nada disso pra sua mãe, né?"

"Na verdade, tenho um blog em que descrevo minha atividade sexual da semana para a família. Acha esquisito?"

Ela me ignora e pega o celular outra vez.

"Está tudo bem?", pergunto, curioso, no caminho para o estacionamento.

"Como assim?"

Olho para o celular em sua mão. "Você sempre reclama comigo por ficar grudado no telefone, mas parece que hoje é a sua vez."

"Desculpa", ela diz, levantando a cabeça e parecendo lamentar de verdade. "Estou acertando umas coisas com Lance. Talvez ele cancele hoje à noite."

Não digo nada. Não acompanho muito de perto a vida amorosa de Parker. Quer dizer, gosto do Lance. Ele é legal e nunca deu uma de babaca ciumento, implicando com a ideia de sua namorada morar com outro cara.

Só que, pensando a respeito, acho que ele anda meio distante. Verdade que os dois passam mais tempo na casa dele do que na nossa, já que o cara é todo arrumadinho e mora sozinho, o que significa mais privacidade para fazer... o que quer que seja.

Mas em outros tempos ele passava em casa pelo menos uma vez por semana, deixando livros em cima da mesa da cozinha e cervejas caras na geladeira.

Tento me lembrar da última vez que o vi... Faz alguns dias. Semanas, talvez.

Tenho quase certeza de que é a terceira vez na semana que Parker comenta que ele cancelou com ela.

"Lance anda ocupado, com um monte de trabalhos em grupo pra fazer", Parker explica, apesar de eu não ter perguntado nada.

Isso também é estranho. Ela é a garota mais segura e confiante que já vi na vida quando se trata de relacionamentos. Nunca fica na defensiva, nunca se justifica.

Mas não quero incomodá-la. É a única regra da casa que sigo de bom grado.

Estamos sempre à disposição quando o outro quer conversar, mas ninguém se mete na vida de ninguém.

Somos os dois sociáveis, mas no fundo reservados. Acho que é por isso que nos damos tão bem. Podemos passar o dia todo conversando com um monte de gente, mas, quando estamos sozinhos, sabemos apreciar o silêncio.

Parker não volta a falar de Lance durante o almoço, agindo como a garota alegre e animada de sempre.

E não como alguém que está enfrentando problemas com o namorado. Lance deve estar mesmo ocupado. O cara é um gênio. Tem três graduações e acabou de ser aceito em um programa de MBA de primeira linha. Vai se tornar um mestre dos números.

Eu não ficaria nada surpreso se ele batesse punheta vendo uma planilha de Excel.

Na faculdade, Lance fazia com que eu me sentisse o maior preguiçoso do mundo. A gente não convivia muito, porque os círculos de amizades eram diferentes. Mas ele sempre aparecia para ver Parker, e vinha carregado de livros.

Parker também, aliás. Ela não é um crânio como o namorado, mas estuda mais que eu.

E, com isso, quero dizer que só ia à biblioteca quando Parker me arrastava para lá, como se para uma festa surpresa.

Ela dizia que me levava junto porque não gostava de circular sozinha à noite pelo campus.

Provavelmente era verdade.

Mas também acho que, sem sua interferência, eu teria perdido a maior parte do tempo vendo jogos em vez de trabalhar para melhorar minhas notas.

Sendo bem sincero, eu precisei ralar *muito* para conseguir boas notas. Nunca tive problemas de aprendizado nem nada, mas, agora que estou formado há dois anos, posso garantir que nada mudou minha impressão de que a melhor parte da faculdade não é a aula.

Eu estava mais interessado nas atividades extracurriculares. Esportes. Cerveja. Garotas.

Em outras palavras, era um cara normal. Ainda sou.

Trabalho em uma loja de artigos esportivos. Tecnicamente, trabalho na sede de uma rede de lojas de artigos esportivos. Faço parte da equipe de e-commerce, então não é que passe o dia todo vendendo bolas de futebol americano ou coisa do tipo. Mesmo assim, meu ramo é o esporte, não os negócios.

E quanto às mulheres na minha trajetória pós-faculdade, nunca faltaram. Apesar de todo mundo dizer que essa parte fica mais difícil, não posso me queixar. Só que as conheço em bares, e não nas festas das repúblicas. O jogo é o mesmo, mas a arena é diferente.

Na prática, pouca coisa mudou desde a faculdade. Esportes. Cerveja. Garotas.

Às vezes até gostaria de me preocupar mais com outras coisas, como trabalho e futuro, como Lance e Parker.

Mas, apesar do acompanhamento diário da minha mãe na época de escola, e de meu pai e minha madrasta terem pagado uma boa grana para cada nota máxima que tirei no ensino médio, o desempenho acadêmico nunca foi meu forte. Eu me limitava a fazer o suficiente para chegar à etapa seguinte: ensino médio em colégio particular, faculdade com boa reputação, curso de direito de prestígio, como meus irmãos.

Esse era o caminho da família Olsen.

Mas não o segui.

O máximo que fiz foi me candidatar a alguns cursos. Até fui aceito em alguns lugares, mas nada muito impressionante, como no caso dos meus irmãos.

E então revelei a surpresa desagradável de que não tenho nenhum interesse em ser advogado.

Dois anos depois, meu pai finalmente se conformou. Minha mãe ainda não.

Que seja.

Pago o almoço de Parker, como combinado. Quando voltamos para casa, cruzo os dedos para que ela esteja a fim de lavar roupa, porque estou usando minha última cueca limpa.

Apesar de não ser lá muito arrumadinho, tem coisas de que faço questão, como nunca reutilizar cueca. Principalmente quando a intenção é descolar uma garota. O que *com certeza* faz parte dos planos num sábado à noite.

Mas Parker está no quarto, com a porta fechada, e não botando o sabão caro que ela esconde em algum lugar na máquina de lavar. Estou por minha conta, com meus produtos de limpeza baratos.

Já "dobrei" quase metade das minhas camisetas quando Parker aparece na cozinha, uma hora depois, e lança um olhar horrorizado para a pilha. Sem dizer nada, ela começa a dobrar tudo de novo.

"Valeu, mãe." Vou até a geladeira pegar uma cerveja, mas Parker solta um ruído de irritação e aponta para a pilha. "Vou *ajudar*. Não fazer tudo."

"Isso não é um passo atrás no movimento de liberação feminina?", pergunto, me esforçando para fazer tudo direitinho agora que a general da lavanderia vigia cada movimento meu. "Cuidar da minha roupa suja?"

"Com certeza. Se contar a alguém, corto seu pau. Mas acho relaxante. E adoro cheiro de roupa limpa." Ela levanta a camiseta e inspira fundo.

Interrompo o que estou fazendo. "Isso é *muito* perturbador. É melhor você e Polly ficarem bem longe da minha cômoda nova. Não quero as duas cheirando minhas roupas."

"Pode acreditar, quando essas roupas entrarem no chiqueiro que é seu quarto, vou manter distância delas. Mas, assim que sai da secadora, antes de você suar nelas... Adoro o cheiro de algodão limpinho."

"Você é muito esquisita." E então, por impulso, comento: "Ei, Parks, acho que você deveria ir comigo hoje à noite."

Parker me olha, sem parar de dobrar as roupas. "Dá pra ser mais específico? Não anoto tudo o que você faz na agenda."

"Tem duas festas rolando. Pensei em ver qual está melhor."

Ela leva uma camiseta ao peito, com os olhos arregalados. "Sério? Vou ter a oportunidade de acompanhar você enquanto tenta descolar uma garota de dezoito anos?"

"Ei, você já teve dezoito anos um dia, e eu te tratava com o maior respeito", rebato.

Prefiro não acrescentar que juro que não sei por que nunca dei em cima dela. Às vezes, relembrando aquela época, eu me arrependo de não ter agido rápido, de não ter ficado com a garota mais incrível que já conheci quando tinha a chance. Porque *agora* não dá mais. Ela tem namorado. Além disso, tenho medo de estragar o relacionamento mais legal que já tive.

"Ainda bem", ela responde. "Se a gente namorasse, nem pensar que eu ia dobrar suas roupas."

"Você não ajuda Lance com essas coisas?"

Foi uma pergunta inofensiva, mas os dedos dela vacilam um pouco, e fico imaginando se não toquei em um assunto delicado. Talvez fosse melhor esclarecer de uma vez se estava tudo bem entre eles.

Mas Parker logo recupera o ritmo.

"Não", ela responde com um sorriso. "Ele dobra as roupas quase tão bem quanto eu. É um dos motivos por que o amo."

"Ele sabe dobrar as roupas? É melhor agarrar esse homem logo, Parks!"

Ela faz uma careta e joga a última camiseta em mim. "Essa é melhor jogar fora. Está toda esburacada."

"Mas é confortável", retruco, olhando para a camiseta desbotada do Red Sox. Nem sei onde arrumei — sou torcedor do White Sox.

"Está um trapo", ela insiste, arrancando a camiseta da minha mão e jogando em um balde debaixo da pia onde guardamos os panos de limpeza.

"Podemos falar mais a respeito da próxima vez que a gente lavar roupa. Porque já vi algumas calcinhas suas, e você poderia até bordar 'nem sonhando' nelas."

Ela bebe um gole de água. "Nova regra da casa: nada de falar sobre as calcinhas da Parker. Na verdade, não mencionar a palavra 'calcinha'."

Tenho quase certeza de que essa regra não é nova, mas não quero que saiba que me lembro disso.

"Ah, qual é?", rebato. "Você me ajuda a escolher roupas que combinam, então por que não deixa este seu amigo daltônico retribuir o favor te dizendo que calcinhas vão deixar Lance deprimido?"

"Dispenso."

Resolvo dizer mesmo assim. "Aquelas grandonas e beges."

"São minhas calcinhas de quando estou menstruada. Não vão a lugar nenhum."

Aponto para ela. "Uma regra foi violada aqui. A gente não pode dizer 'calcinhas'."

Ela revira os olhos e começa a subir a escada. "Preciso terminar uma apresentação pra reunião de segunda."

Ainda não mencionei isso, mas Parker é uma workaholic convicta.

"Vai lá, nerd", grito para ela. "Mas pelo menos *pensa* no assunto da festa."

Ela detém o passo. "Você sabe que eu tenho amigas, né? Não sou patética a ponto de ter que ficar em casa sozinha quando Lance me dá o cano."

"Eu sei, só achei que... sei lá. Você pareceu meio pra baixo hoje. Não queria que ficasse em casa ouvindo Bonnie Tyler."

Ela pisca, fingindo estar lisonjeada. "Está preocupado comigo, Olsen?"

"Não. Só não queria chegar em casa e dar de cara com você com a cara toda suja de sorvete e exalando estrógeno."

Ela volta a subir a escada. "Agora entendo suas notas em biologia. Você não faz a menor ideia de como os hormônios funcionam."

"Na verdade, biologia é uma das minhas especialidades", grito lá para cima.

"Você nem sabia o que era um útero", ela rebate.

"Sabia, sim", murmuro.

Quer dizer, mais ou menos.

3

PARKER

Lance e eu nos conhecemos no segundo ano da faculdade. Para ser bem sincera, não foi amor à primeira vista. Não houve faíscas, não senti um frio na barriga quando me tocou pela primeira vez.

Foi mais um reconhecimento de que éramos as pessoas certas uma para a outra.

Tudo começou quando caímos no mesmo grupo de estudos de economia, que estava acabando comigo. Apesar de prestar muita atenção na aula e de estudar bastante, as tarefas dessa matéria eram mais difíceis para mim que qualquer outra coisa. Eu ainda estava tentando entender a pergunta enquanto os outros membros do grupo já elaboravam a resposta. Depois de um tempo, cansei de atrasar os demais, e passei a me matar para entender a matéria sozinha no quarto.

Então, numa noite em que estava me sentindo especialmente frustrada, à beira das lágrimas porque era a única que não entendia nada, Lance fez exatamente a pergunta que eu tinha vergonha de fazer.

A mesma coisa aconteceu na pergunta seguinte.

E na seguinte.

Foi só na quinta vez que Lance se fez de desentendido que percebi que ele não tinha anotado uma única palavra daquilo que o grupo explicava com toda a paciência. Ele não estava nem com a tarefa nas mãos, porque já havia terminado horas antes.

Estava olhando para *mim*.

Quando acenei com a cabeça em um questionamento silencioso, ele deu uma piscadinha.

E é assim, senhoras e senhores, que se conquista Parker Blanton. Ajudando com a tarefa e dando uma piscadinha sutil e fofa.

Eu me apaixonei. De verdade.

E é bom lembrar que, no terceiro ano, quando Lance estava se descabelando para entender o simbolismo na literatura britânica, fui eu quem forneci a ajuda, e de bom grado.

Sei que não é uma história das mais quentes, mas, como eu falei... parecia *certo*.

Pelo menos até um tempo atrás.

Está na hora de confessar. Tenho vinte e quatro anos, estou no auge da minha saúde e forma física, tenho um relacionamento sério com um cara maravilhoso...

E minha vida sexual é uma merda.

Nem sempre foi assim. Perdi a virgindade no primeiro ano de faculdade com um jogador de beisebol gato que morava no mesmo corredor que o meu no alojamento misto da universidade. Namoramos alguns meses antes de aprender a velha lição de que se dar bem na cama não basta para construir uma relação. Depois de vários jantares marcados por silêncios constrangedores, terminamos, sem ressentimentos.

Fiquei com um amigo de Ben uma vez naquele primeiro ano, mas foi numa noite de muita bebedeira e pouco juízo, então não deu em nada.

E então... veio Lance.

O aspecto físico do relacionamento avançou de forma bem lenta. Nenhum de nós dois queria estragar uma coisa tão legal apressando as coisas. Quando rolou sexo, foi muito bom. Ou bom. Na verdade, foi o.k.

Mas pelo menos rolava com frequência.

E então, uns dois meses atrás, a coisa simplesmente... parou de acontecer. Acho que até sei mais ou menos o motivo. Estou trabalhando feito uma louca, e ele ainda tem os estudos.

Mas já faz dois meses.

A seca em si não é tão ruim...

Se a pessoa for *solteira*.

Mas em um relacionamento sério, em que de vez em quando surgem até conversas hipotéticas sobre casamento, dois meses é tempo demais.

E não é que não tenha pintado nenhuma oportunidade. Tenho um quarto só para mim e Lance mora sozinho.

Então por que estamos transando menos agora do que quando morávamos em alojamentos e precisávamos amarrar fio dental na maçaneta para que ninguém entrasse?

Enfim. Hoje isso vai mudar.

Caprichei na maquiagem e sou obrigada a admitir que estou linda. A regata preta e a calça jeans que estou usando não têm nada de mais, mas nem preciso disso.

O verdadeiro trunfo está por *baixo*: uma combinação novinha que estourou meu orçamento por uns seis meses, mas vai valer a pena.

É de renda vermelha e, sem querer me gabar, deu uma valorizada incrível nos meus peitos.

Estou prestes a sair quando chega uma mensagem da minha amiga Casey no celular.

Vamos ver The Bachelor *em uma hora? Vou fazer pipoca...*

Por uma fração de segundo, fico tentada, porque amo esse programa.

Mas não. *Não.* Foi assim que Lance e eu entramos nesse marasmo sem sexo... Deixando de priorizar o relacionamento. E vale a pena investir nele.

Vou pra casa do Lance, mas nem conte quem vai ganhar a rosa, escrevo. *Vou assistir inteiro depois.*

A resposta dela é imediata: *Ctz? Tem espumante.*

Droga. Ela sabe que tenho um fraco por espumante.

Resisto: *Gastei uma grana com lingerie. Preciso mostrar a alguém.*

Casey responde: *Já vi que você vai tirar essa lingerie rapidinho...*

Eu me limito a mandar um sorrisinho.

Porque... é o que espero. Afinal, já faz dois meses.

Paro diante da porta de Ben e bato de leve. A julgar pelas festas a que planeja ir, deve estar tirando um cochilo para se preparar para... o que quer que faça nessas festas.

Mesmo assim, bato de novo, para avisar que estou saindo. Ele meio que faz questão de saber quando vou passar a noite fora, para não precisar sair pela rua com uma escopeta para defender minha honra.

É fofo.

"Você está aí?", sussurro.

Silêncio.

Penduramos lousas na porta dos quartos para esse tipo de ocasião (coisa de estudante, eu sei), então deixo um bilhete avisando que vou dormir na casa do Lance, mas que não é para usar *minha* cama.

Penso melhor e volto para o quarto, abro a gaveta de lingeries e encontro a calcinha bege sobre a qual falamos. Eu a penduro na lousa, sabendo que ele vai saber interpretar como um "sério, fica longe do meu quarto".

Lance mora em Pearl, um bairro bacaninha não muito longe de casa. Levando em conta meus sapatos — que para ser sincera são incríveis —, decido ir de carro, apesar de fazermos muita coisa a pé no Oregon.

Nasci e fui criada na região de Portland, e não estou exagerando muito quando digo que minhas primeiras palavras foram "bolacha", "mamãe" e "emissões de carbono". A reciclagem não é considerada uma opção aqui, e sim uma obrigação moral, e a pior coisa que alguém pode fazer é buzinar para os ciclistas, porque eles estão salvando o planeta enquanto você o envenena lentamente com seu carro maligno. Ou coisa do tipo.

Mesmo assim, sinto só uma pontada de culpa pelo uso desnecessário de carro. Tenho um carro híbrido, e como falei... meus sapatos são incríveis. Botas de salto alto bem sexy.

Estacionar em Pearl costuma ser um inferno, mas estou com sorte, e um carro — outro híbrido, claro — está saindo de uma vaga perfeita bem em frente ao prédio dele.

À noite, Lance é uma máquina de estudar, mas de dia tem um emprego tranquilo como contador em uma corretora de investimentos na região, que paga bem mais que meu trabalho com marketing, por isso ele pode morar em um prédio novinho com porteiro e tudo.

O loiro de ombros largos atrás da mesa da recepção abre um sorriso quando me vê. "Srta. Blanton. Quanto tempo."

Nem me fale.

"Oi, Erik. Como vão os planos pro casamento?"

"Ah, estou conhecendo um monte de tons de cor-de-rosa. O drama agora é se vamos ter ou não babado nas toalhas de mesa. Você faz ideia do que é isso?"

"Infelizmente, sim. Minha prima casou no verão passado e precisou de quatro damas de honra pra ajudar com tudo."

Ele balança a cabeça. "Não preciso saber mais."

"Não mesmo", digo com uma risadinha enquanto sigo para o elevador. "Posso subir?"

Ele hesita por um breve instante, e sinto certo desconforto. Embora o trabalho de Erik seja não deixar nenhum visitante bater na porta de um apartamento sem ser anunciado, estou na lista de convidados liberados de Lance desde que ele se mudou para cá. Em geral, Erik já vai abrindo a porta para mim.

Por um instante terrível, fico me perguntando se Lance me tirou da lista, então Erik retoma seu comportamento normal e chama o elevador para mim, então acho que é coisa da minha cabeça. Tomara.

"Me deseje sorte", murmuro para ninguém quando a porta do elevador se fecha.

O apartamento de Lance é no décimo segundo andar, e sigo até a porta como já fiz milhões de vezes. Mas, pela primeira vez, hesito antes de bater.

Tento me desvencilhar da sensação de insegurança e dou uma batida determinada na superfície de madeira.

Meus ombros relaxam assim que a porta se abre. Os óculos de leitura dele estão na ponta do nariz, típico de quando está concentrado nos estudos.

Sua aparência é a mesma de sempre.

Apesar de sua expressão costumar ser um pouco mais alegre e um pouco menos surpresa.

Lance enfia o celular no bolso de trás e balança a cabeça, quase como se estivesse tentando assimilar minha presença. Só então ele sorri e diz: "Oi!".

Uma impressão distante de cautela ainda ronda minha mente, mas então ele alarga o sorriso e me dá um abraço.

Está tudo certo. Estamos bem. Ele só anda ocupado.

Inclino a cabeça em sua direção, baixando os olhos só um pouco para observar sua boca de um jeito que sei que o deixa maluco, mas ele já está se afastando.

Nada de beijo.

Quê?

Lance não me vê há uma semana e nada de beijo?

A preocupação volta à minha mente.

"Eu não sabia que você vinha!", ele comenta.

É impressão minha ou sua voz está um pouco animada demais? Tipo, de um jeito falso? Eu o observo com atenção quando entro no apartamento, fechando a porta atrás de mim.

"Desculpa, devia ter mandado uma mensagem", digo.

Fico à espera de que ele me diga que não tem problema, que está feliz em me ver, mas em vez disso Lance meio que dá de ombros. Então começa a arrumar as coisas no balcão da cozinha, onde claramente tinha passado um bom tempo com a cara enfiada nos livros. Digo a mim mesma que isso é um bom sinal, mas estou apreensiva demais, achando que as coisas estão ainda piores do que desconfiava.

Nada aqui indica a reação típica de um cara feliz em ver a namorada de quem estava morrendo de saudade.

Faço menção de sentar em uma banqueta, ainda torcendo para que a tensão no ar seja coisa da minha cabeça, mas no último instante me impeço.

"Ei, Lance."

"Hã?"

"O que está acontecendo?"

Ele ergue os olhos do caderno para mim. "Como assim?"

Só o encaro, como quem diz: *Sem joguinhos.*

Ele entende. Seus ombros baixam um pouco quando se ajeita na banqueta, põe as mãos sobre os joelhos e olha para o chão.

Ai, merda.

Merda.

Conheço essa expressão.

É a expressão de quem está prestes a dar um fora em alguém.

Talvez devesse estar sentada, no fim das contas.

Faço isso, deixando uma banqueta vazia entre nós. Posso riscar o sexo dos meus planos.

"Eu deveria ter contado antes." O tom de voz dele é baixo.

"Contado o quê?"

"É que... Eu não estou mais no clima, Parker." Sou obrigada a lhe dar algum crédito, por ter a coragem de me olhar nos olhos enquanto parte meu coração. "Já faz um tempo."

Perco o ar. Não consigo respirar.

"Certo. Certo." Eu repito a palavra, porque, droga, estou com um puta nó na garganta. "Então você, tipo, não quer continuar?"

Não quer continuar *comigo*?

Ele estende a mão em busca da minha, e seus dedos roçam os meus. "Me dei conta disso no fim do verão. A gente é bem jovem, né? Você é a primeira namorada séria que tive. Como saber se é o caminho certo?"

A gente simplesmente sabe, sinto vontade de gritar.

Mas... por acaso eu sei? Quer dizer, se eu aparecesse hoje à noite e Lance me pedisse em casamento, não teria entrado em pânico?

"Tem outra pessoa na jogada?", pergunto baixinho. Fico com raiva de mim mesma por isso, mas um ser humano normal — uma mulher normal — precisa saber.

"Não", ele se apressa em dizer. "Quer dizer, tem uma professora assistente que... Enfim, ela chamou minha atenção, mas não rolou nada. Eu jamais trairia você, Parker."

Sei que deveria estar me concentrando na parte da não traição, mas parece que só ouvi o "ela chamou minha atenção".

Ele anda reparando em outras mulheres? Não, pior que isso. Em *uma* mulher. No singular.

Quer dizer, não aconteceu nada. Mas ela *chamou a atenção* dele.

Parece que tenho uma faca cravada no peito.

Ele aperta minha mão. "Não quero me afastar totalmente de você. Só acho que a gente deveria dar um passo atrás."

Pisco várias vezes para conter as lágrimas. Seu rosto se contorce de arrependimento. Levanto e me afasto. "Um passo atrás? Pra quê? Pra você poder tentar a sorte e voltar pra mim caso se arrependa?"

Ele me encara, e vejo que seus olhos também estão um pouco marejados. Quando volta a falar, sua voz sai embargada. "Estou me sentindo um babaca, Parker."

"Bom, você *é* um babaca", eu me escuto dizer, e tomo o caminho da porta, sofrendo para abrir a maçaneta. *Boa resposta, Parker. Bem madura.*

Mas a diarreia verbal continua. "Não pense que vou ficar esperando por você", consigo dizer.

Que ótimo. A cena de novela já está sendo encenada na minha cabeça.

"Não penso", ele diz, e parece meio desesperado quando vem atrás de mim. "Quero que você seja feliz. Só não acho que eu seja o cara certo para..."

Bato a porta antes que ele termine a frase, o que acho ótimo.

Tropeçando nos saltos, vou até o elevador e aperto freneticamente o botão para descer. Mantenho os ouvidos alertas para o caso de Lance vir atrás de mim, dizendo que estava errado, que não quer terminar comigo.

Mas a porta do elevador se abre, enquanto a de Lance continua fechada.

Solto um soluço e entro.

Tenho certeza de que não é uma separação *temporária*.

É um *rompimento*.

Não consigo atravessar o saguão muito rápido, em parte por causa dos malditos saltos, em parte porque Erik me olha com uma expressão preocupada e confusa.

"Srta. Blanton?"

Faço um aceno e abro um sorriso. Deve ter saído horrível, porque estou morrendo por dentro.

Erik abre um sorriso de solidariedade em resposta. Com certeza já viu um monte de coisas, e sabe quando uma garota está caindo fora depois de uma briga com o namorado.

Ex-namorado.

Ai, meu Deus.

Acabei de levar um pé na bunda.

Um pé na bunda bem dado. Não foi um tremendo barraco; foi um simples "não te amo mais", o que é ainda pior. *Muito* pior do que se eu tivesse feito uma besteira e sido chutada para fora.

Volto para o carro. A essa altura, a situação da camada de ozônio é a última coisa que passa pela minha cabeça. Apoio a cabeça no volante enquanto tento decidir o que fazer.

Eu deveria me recostar no assento, engolir o choro e ir para casa.

Levanto a cabeça. Deveria...

Engulo um soluço, mas as lágrimas não vêm. Quero chorar, mas não consigo, porque meu corpo está confuso demais sobre como reagir ao fato de que uma hora atrás eu estava vestindo uma lingerie maravilhosa, e agora estou solteira e sozinha num carro em pleno sábado à noite.

Tenho vinte e quatro anos, estou toda arrumada e não tenho para onde ir.

Vejo um cara meio grunge com um skate debaixo do braço me encarar quando passa pelo carro. Fecho bem os olhos, então os arregalo ao sentir o celular vibrando.

É uma mensagem de Lance.

Desculpa.

É o fim. Nada de "retiro o que disse". Nada de "não quis dizer isso". Dane-se.

Apago a mensagem bufando de raiva. Quando levo as mãos ao volante, percebo que estou tremendo.

Puxo as mãos de volta e um pequeno acesso de pânico se instala. Sei que não estou em condições de dirigir, apesar de estar a poucos minutos de casa.

Com a mão trêmula, pego o celular outra vez. Em termos gerais, prefiro mandar mensagens a telefonar, mas tem horas em que a gente precisa ouvir a voz de alguém. Em que precisa conversar com alguém que *se importe*.

Este é um desses momentos.

O nome de Ben está na lista de favoritos. Aperto o botão de discar.

Ele atende no segundo toque. "Parks."

E então, por algum motivo bizarro, as lágrimas surgem *bem* nessa hora. Todas de uma vez, inundando meus olhos e escorrendo pelo rosto enquanto solto soluços horríveis.

"Parker?" O tom de voz de Ben fica mais agudo.

Tento respirar fundo, mas solto um ruído que parece uma buzina. "Você pode vir me buscar?"

"Sempre. Onde for."

4

BEN

Já vi Parker chorar um monte de vezes.

Quando o avô dela morreu. Quando a mãe descobriu que estava com câncer. Vendo filmes com animais sofrendo. Quando ela não acordou para fazer a prova final de geografia, no segundo ano de faculdade.

Quando bebeu vinho demais e confessou que a *chuva* a fazia chorar.

Independente de suas razões serem legítimas (filme triste, mãe doente) ou absurdas (a chuva), eu sempre fazia a mesma coisa.

Eu a abraçava. Passava a mão em seu cabelo. Deixava que ensopasse minha camiseta com suas lágrimas e lhe oferecia uma grande quantidade de lenços de papel. (Ela não é do tipo que chora comedidamente.)

Qualquer que fosse a causa, as lágrimas sempre me abalavam um pouco, como um aperto no meu peito que eu não sabia aliviar. É o que acontece quando qualquer garota chora na minha frente.

Mas principalmente Parker. Porque ela é a *minha* garota.

A sensação esquisita no peito está aqui de novo. Mas acompanhada de algo diferente.

Raiva.

Das outras vezes, eu não podia fazer nada quanto ao motivo do choro. Não tinha como impedir que seu avô morresse, ou controlar sua reação à chuva.

Mas agora tenho opções.

Uma delas é encher Lance Myers de porrada.

E, no momento, é isso que quero fazer.

Não sou um cara violento, em termos gerais.

Mas, desde que a vi tentando sem sucesso conter as lágrimas sentada ao volante do carro, totalmente perdida e arrasada até quando a levei para casa e a sentei no meu colo no sofá, não pensei em mais nada além de enfiar a mão na cara de nerd riquinho do Myers.

Ele é meu amigo, claro. Gosto do cara. Fico até meio chateado quando a raiva baixa e me dou conta de que não vamos mais nos ver.

Mas a questão aqui não é Lance. É Parker.

E ele a magoou.

Por outro lado...

Estou irritado comigo mesmo também.

Não estava me perguntando hoje mesmo se não tinha algo de errado com eles?

Não poderia ter evitado isso?

Talvez sim. Pelo menos devia ter dado o alerta.

Merda.

As lágrimas parecem ter parado um pouco. Ela está toda encolhida, com a cabeça sob meu queixo, soluçando com um lenço de papel na mão. Faço menção de me afastar, mas paro quando ela agarra minha camiseta.

Ponho a mão sobre a dela, acariciando-a com o polegar. Tenho vontade de dizer que aquele babaca não vale as lágrimas derramadas. Relacionamento *nenhum* vale, mas não é o que ela precisa ouvir no momento.

Mesmo assim, aperto sua mão e tento me afastar de novo.

"Você vai sair?", ela pergunta.

"Bem rapidinho." Dou um beijo em sua testa.

Ela me encara com os olhos vermelhos e inchados. "Estou estragando sua noite. Você ia sair."

Aperto de leve seu joelho. "Não me obriga a criar uma regra da casa proibindo você de dizer bobagens."

"Sou *eu* quem faz as regras. Não você." Ela abre um sorriso fraco.

Eu retribuo. Essa é minha garota.

"Só uns dez minutinhos", digo, apertando seu joelho outra vez.

Pego minha carteira no balcão da cozinha e vou até o carro. Volto em um tempo recorde de oito minutos, com os suprimentos necessários.

Uma rápida olhada pela sala de estar confirma que ela ainda está no sofá, mas deitada de lado.

Procuro nos armários da cozinha, mas não consigo encontrar as taças de champanhe. Juro que a gente tinha umas dez, só que é uma casa de solteiros de vinte e poucos anos. Cristais finos não duram muito tempo aqui. Tenho que me contentar com umas taças grossas de vidro. Tiro a rolha da garrafa e encho uma quase até a boca.

Volto para a sala, onde Parker torna a sentar. "Desculpa o vexame", ela diz, envergonhada.

"Ah, Parks. A gente já se conhece há seis anos. Adoro seus vexames." Entrego a taça e vejo seus olhos brilharem.

"Champanhe?", ela especula.

"Espumante barato. Comprei no mercadinho da esquina."

"Estava com medo de que eu cortasse meus pulsos se você fosse mais longe?", ela diz enquanto vou até a cozinha pegar uma cerveja.

"Estava com mais medo de encontrar você cantando Celine Dion e comendo maionese direto do pote."

"A noite mal começou!", ela grita de volta.

Sorrio, porque vejo que Parker está voltando ao normal. Abro a cerveja, pego meu celular e mando uma mensagem rápida para Andie, a garota com quem fiquei no fim de semana passado. Queria sair com ela de novo, mas...

Ei, hoje não vai dar. Que tal no próximo fds?

Quando estou guardando o telefone no bolso, eu o sinto vibrar. Andie é do tipo que responde rápido.

Tá me dispensando?

Faço uma careta diante do tom da mensagem, mas respondo mesmo assim. *Uma amiga precisa de mim.*

Sei. "Amiga".

"Que se dane", murmuro. Enfio o celular no bolso de trás da calça, apesar de estar vibrando de novo. Andie mostrou quem é, e não gostei do que vi. Não importa o quanto uma garota me atraia, tem uma coisa que ela não pode ser:

Ciumenta.

Eu não diria que faço o tipo implicante, mas desenvolvi uma irritação profunda por gente que, assim que descobre que Parker e eu nos damos bem, gostamos da companhia um do outro e moramos juntos, conclui que a gente deve ter um caso.

Todo mundo age como se a gente estivesse contrariando a vontade de Deus ou coisa do tipo. Então prefiro manter distância de qualquer um que insinue que somos alguma coisa além do que somos:

Amigos que por acaso têm cromossomos de tipos diferentes.

Aceita aí, galera.

E depois tenho que contar a Parker que sei, sim, alguma coisa de biologia.

Quando estou prestes a me sentar com Parker no sofá, imaginando se se acalmou o suficiente para me contar o que aconteceu com Lance, escuto uma batida na porta.

É John. "E aí?", ele diz, entrando com a naturalidade de quem sempre me visita. "Está a fim de tomar umas cervejas no O'Perry antes de ir pra festa?"

Ele detém o passo quando vê Parker sentada no sofá com o nariz todo vermelho e uma taça de espumante nas mãos.

"Quem você quer que eu encha de porrada?", John pergunta a ela.

Os dois sempre se deram bem. Ela abre um sorriso, ainda que meio forçado. "Fiquei solteira meio do nada", ela conta.

"Aquele cuzão." John abre os braços. "Quer um abraço?"

Ela hesita por uma fração de segundo. Sabendo instintivamente que ela quer manter um mínimo de privacidade, dou um tapinha no ombro de John. "Cara. Não abusa."

"Que foi? Eu disse 'abraço', não 'amasso'", ele explica, baixando os braços. "Então nada de festa hoje à noite, né? As meninas vão ficar em casa, tomando sorvete e amaldiçoando os homens?"

"Comendo pipoca, na verdade", respondo, apontando para a mesa onde coloquei os pacotes para micro-ondas que comprei com o espumante.

John levanta as sobrancelhas. "Duas caixas? Não vêm três pacotes em cada uma? Pretendem abrir um cinema?"

"Sempre queima pelo menos um pacote. Só Deus sabe quantos anos tem o micro-ondas."

"A gente deveria deixar as pipocas queimadas pro santo, tipo a primeira dose de bebida!", Parker comenta, caindo na gargalhada.

John me olha de soslaio, e eu faço um gesto para indicar que ela bebeu. A taça enorme de espumante está quase vazia. Pelo jeito vai mesmo afogar as mágoas.

"Vou deixar vocês em paz, então", ele diz, a caminho da porta da frente. "Se ela capotar cedo e você estiver a fim de sair, é só mandar uma mensagem."

"Beleza."

Aceno para John e vou até a geladeira pegar a garrafa de espumante. É melhor deixar em cima da mesinha de centro, para facilitar. Nesse ritmo, Parker nem vai perceber se a bebida esquentar.

Desabo ao seu lado no sofá, sirvo mais um pouco de espumante e puxo suas pernas para cima de mim.

"Falar ou calar?", pergunto.

É algo que fazemos quando um dos dois está com problemas. Dá para escolher contar tudo ou ficar na sua sem que o outro julgue nem se ofenda.

"Falar", ela responde, para minha surpresa. Por outro lado, o álcool sempre a deixa mais tagarela.

"Ele me deu um pé na bunda", Parker anuncia sem rodeios.

Eu já sabia, mas faço um carinho em sua canela mesmo assim. "É um idiota."

"Pois é." Ela apoia a cabeça no estofado. "Mas eu também. Estou me sentindo uma burra por não ter percebido nada. Os sinais eram bem evidentes."

Isso me deixa um pouco surpreso. Pensei que ela estivesse feliz. Porra, pensei que fosse *casar* com o cara. Sempre pareceu bem... contente com ele.

Ela dá um gole enorme de espumante antes de pôr os pés no chão e servir um pouco mais de bebida. Então dá outro gole. "A gente não transava há um *tempão*", ela conta, virando para mim e levantando a mão com dois dedos estendidos, quase acertando meu olho no processo.

Seguro de leve sua mão antes que acabe me cegando. "Ah, é?", pergunto em um tom casual, pensando se seria um bom momento para tirar a taça dela.

"É." Foi só uma palavra, mas saiu arrastada. Ela sempre foi fraca assim para bebida?

"Dois dias, é?", pergunto.

Me inclino para a frente para pegar a taça, mas ela a puxa de volta com um grunhido. "Só no seu mundinho dois *dias* sem sexo seria um tempão."

"Duas semanas? Está falando sério?", pergunto, incrédulo. Tento pegar a taça de sua mão de novo, mas seus reflexos de bêbada são melhores que o esperado, e ela consegue evitar.

O olhar que Parker me lança é em parte divertido, em parte horrorizado. "Você é o que, um cachorro no cio? Duas semanas não querem dizer nada."

"Ei, eu estou no meu auge", respondo. Tento pegar a taça de novo, mas então me dou conta do que ela está tentando me contar. Se não são dois dias nem duas semanas...

"Espera aí", digo. "Você ficou sem transar com o Myers por dois *meses*?"

Parker tenta bater com o dedo na ponta do nariz como quem diz "bingo", mas erra o alvo e acaba acertando a bochecha.

Deixo de lado a ideia de confiscar o espumante. Se ela está sem sexo há dois meses, tem mais é que beber. "E você achou que era normal?"

"Não, Olsen, não achei que era *normal*", ela responde, um pouco irritada. "Mas ele andava ocupado, e eu também..."

"Dois meses", repito.

"Eu ia resolver isso", ela rebate, batendo a taça com força na mesinha de centro. Por sorte é de vidro grosso, ou teria quebrado. Pensando bem, talvez fosse até de plástico. Boa escolha, Ben.

Dou mais um gole na cerveja enquanto processo a informação. Lance não encostou em Parker por dois meses? Talvez eu seja mais sexualmente ativo que a maioria, mas isso me parece bem...

Meus pensamentos se confundem quando percebo que ela está tirando a blusa. Mas o quê...? "Nada de ficar pelada, Blanton!"

Ela joga a blusa em mim e fica de pé, abrindo os braços com gestos desequilibrados.

"Olha só."

Minha visão fica borrada por um instante. Meu primeiro impulso é olhar para a cerveja para ver se tomei mais do que imagino, porque estou me sentindo meio tonto.

Só que não consigo olhar para a cerveja, porque estou vendo Parker com um sutiã incrível. Até quero desviar o rosto, porque é a *Parker*, mas ela está... maravilhosa.

Não tem outra palavra para isso. Parker Blanton sem camisa é maravilhosa.

Já a vi de biquíni antes. Em viagens à praia ou ao Cabo, nas semanas de folga. Mas ela estava sempre com Lance, e em geral eu ia acompanhado também. Apesar de saber que o corpo da Parker era bonito — bem bonito até —, nunca tinha prestado muita atenção nele.

Mas agora que ela se aproxima tem toda a minha atenção. Suas curvas douradas e suaves, sua cintura fina, seus peitos cheios e redondos. E, *porra*, esse sutiã é perfeito.

Jogo a blusa de volta para ela. "Veste isso. Agora."

"Eu estava tentando dar um jeito no problema do sexo", ela repete, ignorando a blusa, que vai parar no chão. "Comprei pro Lance." Ela aponta para o próprio corpo, e eu respiro fundo. "Mas não consegui nem mostrar." O tom de voz dela é melancólico. "E combina com a calcinha."

Ela começa a desabotoar a calça jeans, mas eu levanto do sofá em um pulo e vou até a cozinha pegar outra cerveja, ou um copo d'água, ou um pouco de gelo para pôr dentro da minha calça.

Parker vem atrás, ainda tagarelando. Eu pego outra cerveja na geladeira, pensando em esfregar no rosto para dar uma baixada na temperatura. "É melhor você se vestir."

Quando viro, vejo que nem me ouviu. Desvio o olhar para um ponto acima de sua cabeça, apesar de sentir uma movimentação diferente lá em baixo. Afinal, sou de carne e osso. Em termos racionais, sei que é *Parker*, minha melhor amiga, com quem moro junto e tenho uma relação platônica.

Mas outra parte de mim — a que no momento faz o volume em minha calça — só consegue entender que o corpo dela é uma *delícia*.

Ela abre a boca para falar, mas eu estendo a mão para impedir. "É a regra da casa. Nada de entrar sem camisa na cozinha. Lembra? Você que inventou."

"E você desrespeita isso *o tempo todo*", ela rebate, sem fazer a menor menção de se vestir.

"Que merda", resmungo, então deixo a cerveja na mesa e tiro a camiseta. Estou usando uma branca por baixo da azul-marinho, de modo que não ficamos os dois sem camisa na cozinha. Vou até ela e enfio a que tirei em sua cabeça, sem a menor cerimônia.

Parker colabora e põe os braços nas mangas, aparentemente sem entender o efeito que seu corpo causa em mim. "Está cheirosa. Sem cheiro de suor", ela diz, contente.

"Que ótimo." Dou um belo gole de cerveja, depois outro.

"Gastei, tipo, cem dólares nessa lingerie vermelha e ninguém vai ver", ela diz, parecendo decepcionada de verdade.

"Ei, Parks", respondo, retomando o bom humor agora que não tenho nenhum decote para me distrair. "Quem vê pensa que você nunca mais vai transar. Outro cara vai adorar sua lingerie."

Fico à espera de que ela continue com o festival de autopiedade, mas em vez disso Parker parece pensativa. "Você tem razão."

Estreito os olhos ao ouvir isso. Conheço esse tom de voz. É sinal de perigo.

Ela abre um sorrisão. "Quero ser como você!"

Minha cerveja para a meio caminho da boca, enquanto tento entender o que escutei. "Como é?"

Ela chega mais perto de mim. "Gosto de sexo, Ben. E estou sentindo falta."

Ai, meu Deus, não me vem falar de sexo depois de me mostrar seus peitos, por favor.

"Você é que está certo", ela continua. "Não preciso esperar o tonto do Lance cair na real ou entrar em outro relacionamento. Posso transar como você. Com quem eu quiser, quando eu quiser."

"Então, escuta só, Parks..."

Ela enfia o dedo na minha cara. "Muito cuidado com o que vai dizer, Ben Olsen. Nem pense em vir com dois pesos e duas medidas, está me ouvindo? Você sabe do que estou falando, do cara que come todo mundo e é considerado foda e da garota que faz o mesmo e é vista como vagabunda."

"Não!" Fico incomodado com a acusação, mas isso não significa que gosto da ideia de Parker transar com quem quiser, quando quiser. Quer dizer, *tudo bem* rolar sexo sem compromisso. Mas sair caçando gente por aí não é nem um pouco a cara dela.

"Eu só ia dizer pra você pensar bem. Faz duas horas que está solteira, e acabou de virar uma garrafa de espumante."

Fico esperando que ela grite comigo por ser um hipócrita, mas, para minha surpresa, Parker baixa o dedo, desfaz a pose de diva e contrai os lábios. "É verdade. Melhor pensar nisso com mais calma amanhã."

Graças a Deus.

Sinto uma leve coceira na testa e a pele molhada quando levo a mão à têmpora. Meu Deus. Estou *suando*?

"Pipoquinha, espumante e um filme?", ela pergunta, indo até a mesa de centro para pegar uma caixa e me entregando com um sorriso simpático.

"Claro", respondo, me agarrando à pipoca como se fosse um colete salva-vidas. Fico mais do que grato por não ter que acompanhar Parker bêbada até o bar quando está disposta a ir para a cama com qualquer babaca, alguém que não vai nem se dar ao trabalho de telefonar no dia seguinte.

"Ei, Ben", ela chama, virando-se para mim na porta da cozinha.

Ponho o saco de pipoca no micro-ondas e aperto o botão. "Que foi?"

"Obrigada. Você é meu melhor amigo. Sabe disso, né?" Ela abre um sorriso inseguro.

A Parker bêbada é uma graça. Sorrio. "Pode ter certeza. E você é minha melhor amiga."

Desde que se mantenha vestida.

5

PARKER

Passei o dia inteiro de ressaca ontem. Foi praticamente uma bênção. Fiquei tão ocupada com a dor de cabeça e o enjoo que mal tive tempo de pensar no pé na bunda.

Mas hoje é segunda-feira.

Como se já não fosse ruim o suficiente, acordo me sentindo um lixo. Não por causa da ressaca, que passou depois de um domingo com muita bolacha água e sal e isotônico.

Hoje o incômodo não é físico. São meus sentimentos que estão abalados.

Estou tão desanimada que até aceito ir com Ben para o trabalho.

Em geral faço questão de ir com meu carro, porque o dele é uma monstruosidade que bebe litros e mais litros de gasolina. (Ben é do Meio-Oeste, e provavelmente ouvia sobre gado de corte e de leite quando pequeno, em vez de hortas orgânicas e compostagem, como eu.)

Mas hoje minha mente não está muito ativa, e preciso preservar os poucos neurônios que me restam para a reunião semanal do departamento. A equipe júnior se reveza nas apresentações para a equipe sênior. Como somos oito na base da pirâmide, preciso fazer isso apenas uma vez a cada oito meses.

E, com a minha sorte, é óbvio que minha vez é hoje.

"Você vai arrasar", Ben diz, saindo da garagem de casa e arrancando tão depressa que quase bato a cabeça no encosto.

Olho feio para ele, mas discretamente. Ben sempre diz esse tipo de coisa, todo confiante, mas o que não percebe é que nem todo mundo se sente tão à vontade lidando com pessoas.

Apesar de eu ter sido melhor aluna e de ter me dedicado mais a arrumar um emprego, Ben se dá muito melhor no mercado de trabalho que eu.

Não por causa de suas notas, não por conhecer bem um assunto específico, mas porque sabe se comunicar.

Com qualquer um, não importa o assunto.

Acho até que ele conseguiria convencer um bebê de que não precisa de leite e um cachorro de que não gosta de carne, se fosse preciso.

Quanto a mim, uma apresentação simples já requer esforço. Consegui fingir que estava à vontade quando ensaiei, com a cabeça em ordem.

Não é o caso hoje.

Vendo que não respondo, ele me olha. "Está tudo bem?"

Seu tom de voz é casual, mas a preocupação é visível em seus olhos. Provavelmente porque chorei no ombro dele sábado, fiquei *bebaça* e passei o domingo trancada no quarto, abrindo a porta apenas para pegar as bolachas que ele me levava.

Não foi exatamente um dos meus melhores momentos.

Mas Ben me conhece. E sabe que, se for legal *demais*, vou começar a chorar de novo.

"Tudo bem", digo, virando a cabeça para a janela.

Ele assente. "Então não vai ter um chilique quando eu disser que tem um negócio branco na sua blusa?"

Olho para baixo e solto um palavrão quando vejo um padrão elaborado de desodorante no tecido preto.

"Proteção invisível porra nenhuma", resmungo, tentando limpar inutilmente com a mão.

Ben aponta com a cabeça para o assento de trás. "Tem uma toalha na minha mala de ginástica."

Lanço um olhar de desconfiança para ele.

"Está limpa."

"Provavelmente graças a mim e à minha mania de lavar roupa", murmuro, soltando o cinto de segurança e me virando no banco para abrir a mala dele.

A primeira coisa que meus dedos encontram é uma embalagem metalizada, pequena e quadradinha. Balanço a camisinha na cara dele. "Sério?"

Ben dá de ombros. "Nunca se sabe."

"Foi isso que eu quis dizer quando falei em ser mais parecida com você", digo, me virando de novo para devolver a camisinha. "Está sempre pronto, em qualquer lugar. Até na academia, pelo jeito."

"A academia é o melhor lugar pra isso", ele responde.

Eu me debruço de novo sobre o assento. "Sério?"

Ben faz que sim, com os olhos voltados para a rua. "Está brincando? Com todo aquele suor e o coração a mil? Nunca ficou com tesão depois de uma malhação pesada?"

"Claro que sim", respondo, finalmente encontrando a toalha. "Mas *onde*?"

"O quê?"

"Você sabe", digo, fazendo um gesto com a toalha, que felizmente parece mesmo limpa. "Você está puxando ferro ou coisa do tipo. Uma garota no elíptico chama sua atenção... E aí?"

Ele sorri. "Quer mesmo falar sobre isso?"

"Sim!" Balanço a toalha. "Já disse que vou começar a fazer o mesmo. Sexo casual."

"Certo, pra começo de conversa, quem usa a expressão 'sexo casual' não costuma se dar bem com ele. Em segundo lugar, eu estava meio que torcendo pra que você não se lembrasse das loucuras que disse no sábado, ou pelo menos admitisse que foi uma ideia ruim motivada pelo excesso de espumante."

Esfrego furiosamente a mancha de desodorante. "Não é uma ideia ruim."

"É, sim."

"*Você* faz isso."

"Faço, mas eu..."

Ele se interrompe. Eu o encaro, estreitando os olhos. "Você o quê?"

"Nada", ele murmura.

"Você ia dizer algo sobre ser homem?"

Minha lembrança daquela noite não é muito clara, mas me recordo de ter reclamado dessa merda de dois pesos e duas medidas, algo que me irrita. Ben não é um porco chauvinista nem nada do tipo, mas estou com a clara impressão de que acha que para ele tudo bem transar por aí, mas não para mim.

"Termina o que você ia dizer", exijo.

"Hã, não", ele diz. "Você está procurando briga."

Contraio os lábios. "Provavelmente."

"Com certeza." Ele estaciona no conjunto de prédios comerciais onde nós dois trabalhamos. Nossas empresas ficam em blocos diferentes, e ele para primeiro no meu para me deixar lá.

"Garotas também gostam de sexo, sabia?", insisto, dando uma última limpada na mancha de desodorante, que meio que já sumiu. Pego minha bolsa e a sacola com as coisas do trabalho.

Ben revira os olhos. "Certo, Blanton. Sei que você é uma mulher moderna e pode fazer sexo onde quiser."

"Até na academia?", pergunto.

"Até na academia."

Dou o bote. "E onde exatamente? Falando sério... não é um lugar nem um pouco privativo. Só consigo pensar no banheiro, mas ninguém..."

Eu me interrompo quando ele tenta segurar uma careta.

"Não!", exclamo, horrorizada. "Você transa no *banheiro*?"

"Confia em mim, não é tão esquisito ou incomum quanto você pensa."

"Mas..."

Ele faz que não com a cabeça. "Sem chance. A gente conversa sobre isso depois. Vai trabalhar. Posso explicar os prós e os contras do sexo na academia depois. Se você for boazinha, até ensino como fazer no chuveiro."

"Ai, meu Deus", murmuro, abrindo a porta do carro. "Aposto que você tem micose e nem sabe."

Ele faz um gesto impaciente para eu fechar a porta. Obedeço, já virando para a porta do prédio. Pego meu crachá e ouço Ben arrancar com o carro.

Minutos depois, estou sentada em meu cubículo, com a mente indo em duas direções diferentes, ainda que nenhuma delas seja a da apresentação que preciso fazer em quarenta minutos.

Em vez disso, estou preocupada com as logísticas do sexo na academia e tentando me acostumar com o fato de que estou no meu segundo dia de solteira, e não por escolha própria.

Uma loira alta e magra aparece no cubículo com um copinho na mão. "Café. Por minha conta."

"Não precisava", digo, aceitando de bom grado o café bem mais ou menos que fica disponível para todos. Estendo a mão e ela põe dois potinhos de creme e um envelopinho de açúcar ali.

"Você é das minhas, Bowman", digo, acrescentando o creme e o açúcar na caneca de bolinhas linda que Lance me deu quando consegui o emprego. Por um instante, fico em dúvida se devo jogar a caneca no lixo, mas um pé na bunda é o bastante para macular um artigo da Kate Spade?

Despejo o creme em cima do café e enfim me viro para Lori, que está vendo alguma coisa no celular, acostumada demais à minha rotina matinal para perder tempo olhando.

Não somos apenas colegas de trabalho. Lori é minha amiga de verdade, e uma pessoa bem legal. Meio esquentada, mas sempre a primeira a oferecer um abraço quando alguém sai de uma reunião com o chefe com manchas de suor enormes debaixo dos braços.

"Hã. Acabei de perceber que estou com um problema sério", comento com ela, dando um gole no café.

"Hã?", ela diz, erguendo os olhos da tela.

Aponto para a camisa. "Desodorante."

"Você deveria comprar o que não deixa mancha."

"Pois é, foi esse mesmo que eu passei. Pelo jeito não funciona. Lembra que na semana passada eu também fiquei com umas manchas ridículas debaixo do braço?"

"Vai ver você tinha esquecido de passar desodorante naquele dia", Lori responde.

Aponto para ela. "Está vendo? É disso que estou falando. Ou o desodorante suja toda a camisa, ou não faz efeito, ou eu me esqueço de passar. É um problema sério."

Lori fica me olhando enquanto dá um gole em seu café. Ela bebe do copinho descartável mesmo, porque não é esquisita a ponto de ter sua própria caneca.

"Vamos com calma, Parks, porque é segunda de manhã e ontem eu passei um pouco da conta nos drinques... Quando fala 'desodorante', você está realmente falando do seu desodorante? Ou é um código para outra coisa?"

Eu desmorono. "Lance e eu terminamos."

Os olhos dela se arregalam. "*Não*. Vocês dois eram, tipo... ou pareciam ser, tipo... *não*."

"Pois é."

"Parks." Ela solta um suspiro e estende o braço para me fazer um cafuné, como se eu fosse um cachorro, mas até que é gostoso. Não é à toa que os cachorros curtem.

"O que aconteceu?", ela pergunta.

Engulo em seco e olho para meu café. Já percebeu como às vezes a gente começa a chorar no exato momento em que tenta falar? Então.

Lori entende tudo na hora. "Esquece. Depois da reunião você fala. Os olhos vermelhos e a maquiagem borrada iam estragar esse visual incrível."

Assinto.

"Vamos conversar sobre outra coisa", ela sugere. "Que tal... o cara com quem eu saí na sexta?"

Eu me agarro à mudança de assunto. "O que fez as reservas no El Gaucho?"

Lori e eu estávamos maravilhadas com o fato de que o cara com quem ela ia sair às cegas ia levá-la a uma das churrascarias mais caras da cidade — talvez a *mais* cara. Ela estava ansiosa fazia dias, e passamos um tempo absurdamente longo planejando seu visual.

"Pois é", ela diz, e senta sobre minha mesa. "Esse mesmo. Escuta só. Ele 'esqueceu' a carteira."

Fico de queixo caído. "Não brinca."

"Isso mesmo. E só 'percebeu' depois de comer um T-bone com lagosta de acompanhamento."

Levo a mão à boca para segurar o riso. "O que você fez?"

Ela solta um suspiro dramático. "O que eu podia fazer? Paguei a conta. Acho que meu cartão de crédito *literalmente* tremeu ao passar na máquina."

"Acha que ele fez de propósito?"

Lori encolhe os ombros. "Sei lá. Ele pediu mil desculpas, falou um milhão de vezes que da 'próxima vez' ia me pagar, mas eu é que não vou sair com ele de novo. É um cara legal, tirando a parte da carteira, mas na real não senti nada."

Solto um grunhido. "Você não está me deixando muito animada pra voltar a sair."

"Não vou mentir pra você, Blanton. Anda difícil. Detesto ser a garota que quer arrumar um namorado, mas não tenho um relacionamento sério há mais de um ano. Estou sentindo falta, sabe?"

Desvio os olhos, e ela dá um tapa na própria testa. "Desculpa. *Desculpa*. Sou ridícula. Certo, chega de falar de homem. Vamos lá pra sala de reuniões tentar adivinhar quantos comentários passivo-agressivos Eryn vai fazer sobre a apresentação."

Uma hora e meia depois, a apresentação está feita, mais duas canecas de café foram consumidas e, apesar do fato de Lori e outra amiga (com quem falei pelo celular sobre o rompimento durante a ressaca horrorosa de ontem) me mandarem mensagens sem parar, tentando me distrair com assuntos aleatórios, não consigo evitar os pensamentos ruins.

Mas, estranhamente, não são do tipo "que falta Lance me faz".

Talvez eu sinta isso depois. E não estou preocupada com meu orgulho ferido, como no fim de semana.

Estou é pensando em sexo.

Meu interrogatório com Ben sobre sexo na academia foi em maior parte brincadeira, porque não sou do tipo que transa no chuveiro — ou onde quer que o Ben e esses ratos de academia costumam fazer —, não importa quanto eu goste de ver um bonitão com barriga tanquinho.

Mas eu não estava brincando sobre minha intenção de ir à luta. Quer dizer, não pretendo transar com a cidade inteira nem nada do tipo, mas sou uma garota de vinte e poucos anos com uma libido saudável.

Eu deveria estar transando.

Eu *quero* fazer isso.

Salvo a planilha para a qual estava olhando desatenta por quinze minutos e vou até o cubículo de Lori, do outro lado do andar.

"Parker!"

Diminuo um pouco o passo e me repreendo em silêncio por não ter feito outro caminho.

Abro um sorrisinho e paro diante do cubículo de Eryn Granding. "E aí?"

Ela deve ser uma pessoa legal, tenho certeza disso.

O problema é que quase nunca demonstra. Pelo menos não no trabalho. É claro que sabe ser um amor quando convém, em geral quando tem alguém da chefia por perto. Mas às vezes fala umas coisas... A única reação possível é olhar bem na cara dela enquanto se imagina se foi isso mesmo que ela quis dizer.

Eryn está sentada à mesa, portanto estou bem acima dela, mas costuma ser assim mesmo quando estamos de pé. Não que eu seja particularmente alta, mas ela mal chega a um metro e meio.

"E aí, como vão as coisas?", Eryn pergunta.

"Tudo bem!", exclamo, esperando pacientemente pelo verdadeiro motivo de ter me parado.

"Fez um bom trabalho na apresentação de hoje", ela diz, enrolando uma mecha de seus cabelos compridíssimos no dedo.

"Valeu." Começo a remexer os pés, à espera do "mas".

"*Mas...*"

Aí está.

"Só achei que o gráfico com as projeções do primeiro trimestre estava meio pequeno. Foi difícil de ler lá do fundo da sala. Com certeza Michelle ficou decepcionada, já que tinha gente da diretoria presente."

Michelle é nossa chefe. Considerando que me disse que a apresentação foi impecável, não fico nem um pouco preocupada.

"Espero que você não me entenda mal", Eryn conclui.

"Ah, de jeito nenhum, é muito legal da sua parte me avisar", digo, já começando a me afastar. "E, já que estamos falando abertamente e sem ressentimentos, que tal sentar lá na frente da próxima vez? Talvez você só esteja ficando meio míope."

Vou embora antes que ela dê alguma resposta passivo-agressiva.

Lori está no telefone com um fornecedor, então me sento em sua mesa e fico esperando.

"A gente deveria sair hoje à noite", digo assim que ela desliga.

Suas sobrancelhas loiras se erguem. "É segunda-feira."

"E desde quando isso é problema pra você?"

"O problema não sou eu. É você que costuma ir pra cama às nove da noite com um copo de chocolate quente nos dias de semana."

Levanto o dedo. "A namorada do Lance não saía durante a semana. Mas minha versão solteira adoraria ir tomar uns drinques."

"Pode contar comigo", diz Lori, com um tom ligeiramente cauteloso. "Tem algum objetivo em mente?"

"Conhecer uns caras", respondo, batendo de leve com os saltos na mesa dela.

"Caramba, a nova Parker não perde *tempo*", ela comenta com tom de aprovação.

Nova Parker. Gostei.

"Mas...", ela continua, batucando de leve no meu joelho. "Você não vai querer entrar de cabeça em outro relacionamento, né? Precisa de um tempo pra você."

"Não se preocupa. Minhas vontades são mais... carnais."

Os olhos azuis dela se arregalam. "Você só está querendo transar?"

"Com certeza. Bom, em algum momento", acrescento. "Estou fora desse jogo há um tempinho. Acho que vou precisar de um pouco de treino pra lembrar como é."

"Garotas como nós nem precisam jogar. É só passar batom e usar uma blusa justa que já começam a implorar pra irmos pra casa com eles."

Sorrio ao ouvir a falta de modéstia de Lori. Sempre me considerei no máximo bonitinha, mas ela é linda, e sabe disso.

"Que tal o Whitehall Tavern?", sugiro.

Ela contorce o lábio, pensativa. "É um bom campo de treino."

"Campo de treino?", pergunto, estranhando a definição.

"Ei, foi você quem disse que precisava praticar. E quem melhor do que eu para ensinar você?"

Dou uma risadinha. "Pensei que você tivesse dito que estava a fim de um namoro firme."

"E estou. Mas isso não significa que eu não me vire *muito* bem. Pode confiar em mim, jovem aprendiz."

"É essa a ideia", respondo, descendo da mesa. "Às sete?"

"Perfeito", ela responde. "Ei, Ben também vai?"

Eu a encaro. "Pensei que a gente já tivesse superado essa fase."

Lori me lança um olhar inocente. "Só achei que ter o ponto de vista de um cara não faria mal."

"Entendi", digo, em um tom sarcástico. "E tenho toda a intenção de contar com a ajuda dele também. Mas só se você me prometer que não está mais interessada."

"Não estou interessada em ninguém."

Levanto uma sobrancelha, e ela solta um grunhido. "Ele é *lindo*, Parks, só isso. Você não percebe por causa desse lance esquisito de não ver um ao outro desse jeito, mas pode acreditar. Ben Olsen é exatamente o tipo de homem que toda mulher precisa levar pra cama pelo menos uma vez na vida."

Aponto para ela. "Não. Você precisa prometer. Nada de dar em cima do Ben."

Lori faz um biquinho que de alguma forma fica um charme nela. "Mas por quê?"

"Porque, apesar do seu papo, sei que está a fim de coisa séria", digo, mantendo um tom de voz suave. "E eu adoro o Ben, mas ele não quer nem saber de compromisso."

"Vai ver ainda não encontrou a garota certa."

"Sem querer ofender, mas você não é a primeira a dizer isso."

Lori solta um suspiro.

"Só não quero que você sofra", digo.

"E se eu só quiser usar aquele corpinho maravilhoso?"

"Para com isso. E já percebi que você exagera quando ri das piadinhas dele. Está na cara que está interessada mesmo, e não só nos braços fortes dele."

"Mesmo assim ele nunca fez nada", Lori diz, batendo com o dedo no lábio. "Será que não faço o tipo dele?"

Reviro os olhos. Lori é *exatamente* o tipo de Ben. E de qualquer homem, aliás. Mas fiz o mesmo discurso para ele. Não só a respeito de Lori, mas de todas as garotas de quem sou próxima. É uma das regras da casa:

Nada de dar em cima das minhas amigas.

Não que eu ache que todas elas vão se jogar nos braços de Ben ou coisa do tipo, mas morro de medo de algo acontecer e eu ter que assumir um lado. E perder uma amizade.

"Às sete horas", repito, me afastando do cubículo dela. "Posso levar Ben se você prometer não fazer nenhuma gracinha."

"Prometo. Mas só porque hoje é uma noite pra molhar sua calcinha, não a minha."

"Shhh!", faço, olhando ao redor.

Ela olha na fresta do cubículo. "Chris, você está aí?"

Ninguém responde, e Lori abre um sorriso malicioso para mim. "Viu? Ele foi almoçar. Não tem ninguém por perto para ouvir que suas partes íntimas andam abandonadas."

"Agora vou embora mesmo. E nada de falar das minhas partes íntimas enquanto eu não tiver tomado pelo menos três drinques."

"Tudo bem. Mas põe sua melhor calcinha!", ela grita atrás de mim. "Só por garantia!"

Eu me afasto com um sorriso. Como a noite de hoje é mais uma oportunidade para voltar ao jogo do que de partir para a ação, tenho certeza de que ninguém vai ver minha calcinha.

Mesmo assim, o mero fato de essa possibilidade existir já me deixa arrepiada.

6

BEN

Em teoria, passar uma segunda-feira qualquer em um bar bacana com duas gatas é o sonho de qualquer cara.

Mas, quando uma delas é minha melhor amiga, totalmente fora de questão, e a outra é a amiga dela, quase o mesmo, a coisa muda de figura.

Principalmente porque elas estão vestidas para a ação, o que significa que as mulheres que *não estão* fora dos meus limites na certa vão manter distância.

Mesmo assim, não vou deixar Parker sair sozinha com essa ideia fixa de pegar homem, sem chance. Os sorrisos e as risadas dela não me enganam. A garota acabou de sair de um relacionamento de anos. Está fragilizada.

Ela precisa de uma noite como essa. Eu entendo. Quer se livrar da sensação de ter sido rejeitada. Mas está sem prática, e não sei se vai conseguir identificar os maiores babacas.

É aí que eu entro.

E se eu conseguir levar alguém para casa no processo... é um bônus.

"Mais uma bebida?", pergunto para as duas.

"Que tal aquele ali?", Parker pergunta, ignorando o que falei e dando mais um gole na vodca-tônica. "O de camisa azul."

Sigo seu olhar. "É uma camisa jeans. Então não."

"Concordo com o Ben", Lori diz. "Camisa jeans só fica bem em caubóis texanos. Em Portland, não está com nada."

"Não posso nem falar com o cara só porque vocês não gostaram da camisa dele?", Parker protesta.

"Que tal aquele?", Lori aponta. "De camisa preta, bem na minha frente. Ombros largos."

Parker e eu viramos a cabeça para olhar.

"Ele já está acompanhado", Parker responde.

Lori e eu trocamos olhares, sem entender.

"A ruiva com quem ele está falando é o quê?", Parker insiste, olhando para nós como se fôssemos dois idiotas.

"Ah, eles não estão juntos", Lori explica.

Parker franze a testa, confusa. "Como você sabe?"

"Ele chegou com os amigos logo depois da gente", Lori esclarece, com toda a paciência.

"E a ruiva já estava aqui", complemento.

Parker lança um olhar perplexo para nós. "Vocês notaram tudo isso?"

Lori se inclina para a frente e dá um tapinha na mão de Parker. "Foi por isso que você trouxe a gente."

"Pra aprender a perseguir as pessoas? Quero ajuda pra conhecer caras, não pra ser agente da CIA."

"Não são coisas muito diferentes", aviso.

Parker me lança um olhar atravessado. "Qual é? Já vi você assistindo aos filmes do Jason Bourne não sei quantas mil vezes. Deixa essa sua fixação por espiões fora disso."

"Não, ele está certo", diz Lori. "É meio parecido com espionagem mesmo."

Abro um sorriso como quem diz "obrigado, Lori", e ela retribui, me olhando nos olhos. Viro o rosto, para Parker não perceber. Lori é muito gostosa, e em qualquer outra situação já teria tentado a sorte com ela meses atrás.

Mas, estranhamente, consigo entender por que Parker faz tanta questão de que eu não me envolva com suas amigas. Em um mundo perfeito, Lori e eu poderíamos nos aproximar, ir para a cama e seguir cada um seu caminho. Mas, apesar do jeito de quem não está nem aí, ouço falar dos caras com quem Lori sai através de Parker.

São encontros *de verdade*, não transas aleatórias motivadas pela bebida.

E não é isso que eu quero. De jeito nenhum.

"Então espera aí", Parker diz, dando outro gole na bebida. "Está me dizendo que eu deveria estar... monitorando o lugar?"

"Com certeza", respondo, mantendo a expressão mais séria possível. "Sempre com uma arma na cintura."

Ela empurra o copo para mim. "Certo, engraçadinho. Rejeito seu sarcasmo, mas aceito a oferta de bebida. Lori também."

"Uma vodca-tônica e um Jack Daniel's com coca zero saindo", digo, levantando. "Ah, e Parker? Vê se aprende aqui comigo."

Ignoro seu olhar perplexo e me dirijo ao balcão, me posicionando deliberadamente do outro lado da ruiva que está conversando com o cara de camisa preta.

A atendente não me vê, mas não tenho pressa. Tenho uma lição a dar antes.

O cara de preto está falando sobre futebol americano no ouvido da ruiva.

Grande erro, cara.

Isso só facilita meu trabalho. Fico quase desanimado. Faz um bom tempo que não encaro um desafio de verdade.

Levanto a mão para chamar a atenção da atendente. Um gesto inútil, porque suas costas tatuadas estão viradas para mim enquanto prepara um drinque elaborado, o que só me favorece.

Meu cotovelo bate de leve — bem de leve mesmo — no ombro da ruiva à minha direita.

Quando ela vira, minha mão já está tocando seu antebraço em um pedido de desculpas.

"Ah, desculpa", digo, caprichando no pedido. A maioria dos caras só resmungaria alguma coisa, se tanto. Mas esse tipo de demonstração de educação já me garantiu a atenção de mais de uma garota.

Meus dedos se mantêm em seu antebraço quando ela vira para mim, com uma expressão de surpresa no rosto. Seu rosto é bem agradável também. Eu esperava olhos castanhos ou cor de mel, mas são azuis. Os lábios são cheios, e seu corpo é tão atraente de frente quanto parecia de costas.

"Não tem problema", ela responde, e um sorriso se desenha lentamente em seu rosto. É um sorriso de predadora, o que me desanima, mas não estou atrás de nada sério, então tudo bem.

"Me paga uma bebida e tudo bem", ela sugere.

Pois é. Eu estava certo. Nada de desafio. Mas beleza. A lição que estou tentando ensinar a Parker não poderia ser mais fácil.

É melhor ela estar prestando atenção nisso.

"Acho justo", respondo com um sorriso. "O que você está bebendo?"

Ela empurra uma taça quase vazia na minha direção. "Vinho branco. Qualquer um. Não sou exigente."

"Pode deixar", eu falo, dando uma olhada no cara de camisa preta, que só agora parece entender o que está acontecendo: roubei a garota com quem ele estava tentando a sorte.

"O que você está bebendo aí?", pergunto, para amenizar o golpe. Não sou um babaca *completo*. Além disso, preciso dele por perto. Com um pouco de sorte, Lori vai entender o que estou fazendo e dar um jeito de fazer Parker cruzar o caminho do cara. Não porque eu quero que minha amiga vá para casa com alguém que parece morto por dentro, mas porque ela disse que está precisando praticar, e esse sujeito é inofensivo.

"Hã, cerveja", ele responde.

Preciso me esforçar para não fazer uma careta. A Whitehall Tavern tem barris com mais de vinte tipos de cerveja, incluindo algumas de umas microcervejarias bem boas. "Cerveja" não é uma definição muito precisa. Quando estou prestes a perguntar se ele quer alguma marca em especial, um perfume bem familiar chama minha atenção. Parker usa Chanel Chance. Sei disso porque dou um de presente para ela todo Natal. Sai bem caro, mas é uma situação em que todos ganham, porque ela fica felicíssima todas as vezes e eu não preciso me desgastar pensando no presente.

Quando viro, encontro Parker olhando para mim com uma expressão aflita. Ela aponta para os copos na minha frente. "Você esqueceu nossas bebidas."

"Não esqueci, não", respondo, lançando para ela um olhar cheio de significado.

Parker inclina a cabeça, confusa, claramente entendendo que estou tentando dizer alguma coisa, mas sem compreender o quê.

Deus do céu. Olho ao redor à procura de Lori, e a encontro na mesa onde estávamos, conversando com um hipster. Que bela ajudante. Estou por conta própria.

"Parker, esta é a..."

Viro para a ruiva, aproveitando a oportunidade para descobrir seu nome.

"Terri", ela diz, cautelosa, medindo Parker de cima a baixo. É por isso que não dou em cima de ninguém quando ela está por perto. Parker espanta a concorrência. Está particularmente bonita hoje, com uma calça jeans e uma camiseta branca que deveria ser inofensiva, mas fica perfeita nela. Seus cabelos estão presos em um rabo de cavalo, mas não de qualquer jeito: um daqueles bem caprichados, sem nenhum fio solto.

"Parker", ela se apresenta, estendendo a mão. Torço para que o sorriso simpático dela deixe Terri mais à vontade, mas a ruiva estreita os olhos, e começo a me lamentar mentalmente.

"Minha prima", completo.

Não olho para Parker, mas sinto que me reprova. Ela detesta quando minto, e eu mesmo não curto muito. Mas hoje preciso, porque a ruiva claramente a considera uma concorrente.

Terri sorri ao ouvir minha (falsa) revelação, o que é bom, mas a melhor parte é que o bobalhão de camisa preta parece perceber a movimentação. Seu olhar se volta para Parker, com a mesma expressão inquisidora com que estava avaliando Terri, mas com um interesse renovado. Ele abre um sorrisinho que me deixa tenso, mas se é isso que Parker quer...

Pigarreio bem alto antes de virar de novo para o balcão, agora fazendo questão de chamar a atenção da atendente. Preciso de uma bebida.

Cinco minutos depois, tudo já chegou, e Parker pelo jeito sacou meu plano, porque está debruçada sobre o balcão, com os cotovelos apoiados na madeira, rindo de alguma coisa que o cara de preto está falando. O cara parece bem sem graça, mas o riso dela não soa forçado. Conheço bem a risada fingida de Parker.

Da minha parte, estou tentando engrenar uma conversa com Terri. Ela parece inteligente, a acho legal, mas perco o interesse quando percebo que ela é meio... cruel. Sou capaz de ignorar muitas falhas de caráter em troca de uma boa aparência, pelo menos por uma noite, mas os comentários maldosos dela são bem cansativos.

"Não sei o que eles querem que eu faça", Terri está dizendo. "Tipo, usar meus dias de folga pra levar e buscar meu avô em nove milhões de consultas médicas? E se disser não eu sou a desnaturada, né? Minha mãe quase me engoliu o fígado quando sugeri chamar um táxi."

"É...", respondo, sem querer me comprometer, mal sabendo do que estamos falando. Parece alguma coisa sobre a doença degenerativa do avô, que está mobilizando a família toda em um rodízio.

Algo que pelo jeito não agradou Terri nem um pouco.

Para mim é inevitável pensar em quando a mãe de Parker recebeu o diagnóstico de câncer de mama. Ela largou tudo para acompanhar a quimioterapia e os terríveis efeitos colaterais depois das sessões.

Até eu ia visitar.

A sra. Blanton se tornou praticamente uma segunda mãe para mim durante a faculdade, já que minha família morava do outro lado do país. Eu movia mundos e fundos para estar presente nas tardes em que ela se sentia fraca e enjoada, vendo reprises sem fim de *Gilligan's Island* no sofá, ou qualquer coisa de que estivesse a fim no dia.

Minha atenção se desvia para Terri outra vez quando vejo o cara de preto, que se chama Tad, pôr a mão na cintura de Parker.

Boa, garota.

Ela pode ter precisado de um empurrãozinho inicial, mas claramente sabe o que fazer para manter a atenção do cara. Mas não é possível que esteja pensando em...

Então percebo que dá umas espiadas discretas na minha direção. Quando nossos olhares se cruzam, ela arregala os olhos de leve.

Me esforço para conter um sorriso. Certo, então ela precisa aprender a iniciar o contato *e* a se desvencilhar com elegância. Estou repassando na cabeça minha longa lista de justificativas infalíveis quando Lori aparece na nossa frente.

"Desculpa ser a portadora das más notícias, Blanton, mas são onze horas", ela diz, apontando com o polegar para a porta.

"E daí?", Terri retruca, mal-humorada, medindo Lori de cima a baixo assim como fez com Parker.

Lori mal a olha, se concentrando no aparentemente perplexo Tad. "Parker e eu fizemos um trato. Ir para casa às onze, para não sofrermos na reunião que temos às oito da manhã."

Parker franze o nariz por um instante. Desconfio que está prestes a dizer que elas não têm uma reunião amanhã às oito. E tenho *certeza* de que a batida em retirada às onze não foi discutida previamente. Mas Terri e Tad não precisam saber disso.

Eu me afasto do balcão. "Certo, então beleza", digo, tirando algumas notas da carteira para deixar de gorjeta para a atendente. "Mas, da próxima vez que me tirarem de casa, façam isso numa sexta", complemento com uma piscadinha para Terri.

Ela franze a testa. "Você vai embora?"

Dou de ombros. "Sou o motorista da vez."

Lori dá uma risadinha de deboche, mas estou falando sério. Parker e eu moramos a dez minutos de caminhada do bar, e Lori a quinze. Não vou deixar as duas irem sozinhas, apesar de ser uma noite tranquila de segunda na já tranquila cidade de Portland.

Lori dá a Parker uns trinta segundos para se despedir de Tad antes de a pegar pelo braço. "Precisamos ir."

Do lado de fora do bar, Parker detém o passo e nos encara. "Espera aí, o que foi isso? A gente já vai?"

"Você falou que queria praticar", Lori responde, encolhendo os ombros. "Já fez isso."

"Pois é, mas..."

"Sem chance que você ia pra casa com aquele cara", digo, segurando Parker pelo ombro quando ela se desequilibra levemente sobre os saltos.

"Eu sei, mas... não, eu não queria mesmo", ela diz. "Ele passou o tempo todo falando de futebol americano. Mas e *vocês*? Não quero que a noite de todo mundo seja um fiasco por minha causa."

"Ei, não foi um fiasco", Lori responde, abrindo um sorriso ao pegar um cartão de visitas e mostrar para Parker. "Peguei o telefone de um cara que é sócio daquele restaurante mexicano novo na rua Doze."

"Claro que você se deu bem", Parker diz com um suspiro antes de se virar para mim. "E você? Aquela ruiva estava dando o maior mole."

"Ah, Parks", digo, passando o braço sobre seu ombro e a puxando na direção de casa. "Eu sei."

"Mas... você geralmente..."

Reproduzindo o movimento de Lori, tiro do bolso um guardanapo com um número de telefone.

Parker fica olhando com cara de quem não entendeu nada. "Como? Quando?"

"Ela enfiou no meu bolso quando a gente estava saindo", explico.

Guardo o guardanapo, apesar de não ter a menor intenção de ligar para a chata da Terri.

"Tenho muito o que aprender", Parker comenta com um suspiro.

"É pra isso que a gente está aqui", respondo. "Logo mais você vai ser uma versão feminina de mim. Só não tão bonita."

Ela me dá um soco no braço, e abro um sorriso.

Mas, enquanto acompanho as duas até suas casas, não consigo afastar um pensamento dos mais estranhos e incômodos.

Eu não quero que Parker se torne uma versão feminina de mim.

7

PARKER

Um ano e meio atrás, minha mãe me ligou numa quarta-feira e me perguntou se eu queria ir tomar um café com ela.

Era um convite incomum. Não que eu não goste de café ou da minha mãe. Mas, além de viver em um bairro distante do centro, ela também *trabalha* lá, como professora de ciências do ensino médio.

Então não havia nenhuma razão para vir até a cidade em uma quarta-feira qualquer, mas por algum motivo isso não me acendeu nenhum sinal de alerta.

Deveria ter.

Ela estava com câncer.

Ficamos sentadas naquele café durante duas horas, mas, quando saímos, aquela única palavra reverberava na minha mente.

Mais tarde, bem mais tarde, eu pensaria nos detalhes.

Nódulo. Estágio três. Quimioterapia. Radiação. Mastectomia. Prognóstico.

Todas palavras horríveis, derivadas daquele único termo destrutivo que começava com "c".

O mês seguinte foi péssimo, como seria de esperar. Eu chorava. Muito. Para piorar, meu pai também. Minha mãe não, o que só servia para tornar tudo ainda mais aflitivo, porque era ela que estava doente, e aguentava bem mais firme que a gente.

Mamãe perdeu os cabelos. Ficou enjoada e fragilizada, mas manteve a força mental. Eu ia visitá-la pelo menos três vezes por semana, na maioria das vezes mais, e nem nos piores dias ela deixou de me receber com um sorriso.

Eu quis raspar a cabeça em solidariedade, mas ela não podia nem me ouvir falar a respeito. Foi dela que eu puxei os cabelos escuros, grossos e ondulados, e foi ela que fez questão de que eu mantivesse os meus compridos, para se lembrar dos dela enquanto não cresciam.

Durante muitas noites só ficávamos sentadas em silêncio na sala com uma caneca de chá, ouvindo suas cantoras de jazz favoritas enquanto fazia tranças nos meus cabelos — eu no chão, ela no sofá, usando uma de suas várias echarpes de cores vivas para esconder o couro cabeludo.

A coisa piorou antes de melhorar. Nas consultas médicas, sempre muito sombrias, os prognósticos apontavam um fio de esperança e nada além disso. Uma mastectomia dupla em que seus seios seriam substituídos por próteses que fariam parecer que tudo estava normal, quando não estava.

E então...

E então minha mãe melhorou.

Está em remissão há cinco meses. Por ser tão cheia de vida, parece que o pior ficou para trás há cinco anos.

Seus cabelos ainda estão curtos, mas bonitos. Seu corpo está mais forte a cada dia. Tanto que vamos encarar uma corrida de cinco quilômetros juntas no mês que vem — um evento pelo tratamento do câncer de mama, em que ela vai usar orgulhosamente um broche indicando que é uma sobrevivente.

Eu não poderia estar mais orgulhosa.

Durante os piores momentos da doença dela, sempre soube que não estava sozinha, mas tive que me esforçar para não acabar desmoronando. Quando chorava, era tarde da noite, sem ninguém por perto. Nem Lance nem Ben — apesar de que, como dividimos a casa, ele sabia que eu estava chorando. E eu *sabia* que ele sabia, porque às vezes o encontrava dormindo na porta do meu quarto pela manhã, como se tivesse montado acampamento lá para me proteger em meu sofrimento.

Não que Lance não tenha sido exemplar. Ele ficou do meu lado o tempo todo.

Mas foi Ben quem sofreu junto comigo.

Ele sentiu a doença na pele, como se minha mãe e meu pai fossem seus pais também.

Já encontrei os pais de Ben uma porção de vezes. Em visitas durante a faculdade, na formatura, e coisas do tipo. Até passei um fim de semana na casa do pai dele durante as férias de verão. Eles são legais.

A mãe dele também, do seu jeito controlador e intenso.

Mas meus pais são o *máximo*. Minha casa era o lugar onde as outras crianças queriam ir fazer os trabalhos, onde o time de vôlei queria fazer as festas do pijama. Não porque eram permissivos, mas porque falavam comigo e com meus amigos como se fôssemos *pessoas*, não crianças.

E nenhum dos meus amigos se beneficiou tanto desse jeito de ser deles quanto Ben. Desde a primeira vez em que foi comigo para casa — durante o primeiro mês da faculdade, para comer direito e lavar roupa (a lavanderia era a pior do mundo) —, Ben se apegou bastante aos meus pais, e vice-versa.

Sou filha única e, apesar de nunca terem dado nenhuma indicação disso, sempre tive a impressão de que, se tivessem um filho, meus pais gostariam que fosse como Ben.

Ele nunca tenta puxar o saco dos dois ou causar uma boa impressão.

E eles nunca, jamais, vão admitir — porque, como falei, são muito, muito legais —, mas tenho certeza de que gostam mais de Ben que de Lance.

Só um pouquinho.

Sempre foram muito simpáticos com meu namorado quando íamos jantar lá, mas o jeito desencanado do meu pai não combinava com o de Lance, que, apesar de bem-intencionado, era formal e respeitoso demais com minha mãe, que sempre preferiu ser tratada sem cerimônia.

Por isso, hoje à noite, faço uma surpresa para meus pais.

Levo Ben comigo.

"Sério mesmo que não tem problema?", ele pergunta pela vigésima vez, quando estaciono meu Prius na entrada da casa dos meus pais.

"Na verdade, tem", respondo, fazendo uma cara triste. "Pode esperar no carro?"

"Você sabe do que estou falando", ele diz, pegando a garrafa de vinho que compramos e abrindo a porta do carro. "Geralmente é o Lance que marca presença nos jantares em família."

Fico imóvel e lanço um olhar de surpresa. Seu tom não foi exatamente despeitado, mas... sinto *alguma coisa* no ar, e pela primeira vez me pergunto se Ben não se sentiu deixado de lado quando as coisas com Lance começaram a ficar sérias e passei a levá-lo à casa dos meus pais.

Na época da faculdade, eu sempre levava Ben quando ia para casa, mas, depois da formatura, Lance e eu fomos nos aproximando mais, e ele foi substituído. Afinal, era meu namorado.

"Você sabe que sempre foi bem-vindo para vir com a gente", respondo, fechando a porta do carro.

"Ah, sim, teria sido o máximo. Sentado no banco de trás. Espremido na cadeira extra colocada na mesa."

"Você sempre vinha quando minha mãe estava doente", retruco.

E era verdade. Meu amor por Ben chegou ao auge quando ele se ofereceu — não, *insistiu* — para me ajudar a cuidar da minha mãe depois das sessões de quimioterapia.

"Claro, porque o Lancelot não vinha", ele diz, abrindo um sorriso engraçadinho.

Dou um beliscão em seu braço enquanto limpamos os pés no capacho, o que quase quebra minhas unhas, porque ele é músculo puro.

Ben sabe que odeio quando chama Lance de *Lancelot*.

"Chegamos", grito, arrancando os sapatos assim que entramos e tomando o caminho da cozinha em seguida.

"Querida!", minha mãe exclama, parecendo particularmente radiante com uma blusa verde de gola rulê e calça jeans.

Seu abraço é caloroso e carinhoso como sempre, mas o que reserva a Ben parece ainda mais.

Reviro os olhos enquanto os dois se agarram como amigos que não se veem há séculos e vou para a sala de estar, onde meu pai está sentado na beirada da poltrona de couro. Deve ter começado a levantar quando me ouviu chegar, mas acabou atraído de volta pelo jogo.

"Não. Nãonãonãonão, isso! Isso!"

Olho para a tv. Beisebol. Blergh.

Dou um beijo na cabeça do meu pai e espero pacientemente que a jogada que o fez vibrar seja confirmada pela arbitragem. Ele *adora* esportes. Não como caras em geral adoram esporte. Meu pai realmente *ama* beisebol, futebol americano, basquete, tênis, golfe, o que for.

Ele jogou todos os esportes possíveis no colégio, e beisebol na universidade. É incrivelmente atlético, mas nada disso foi transmitido para sua única filha.

Mas seu amor por mim é maior que pelos esportes. Sei disso porque ele abaixa o volume da tv e levanta para me dar um abraço apertado e demorado, apesar de ter coisas importantes rolando na tela logo atrás.

"Tudo bem com você?", ele pergunta baixinho.

Faço que sim com a cabeça. "Mamãe já contou."

Meu pai e eu temos uma ótima relação, mas, na hora de comunicar à família que levei um pé na bunda de Lance, optei pela minha mãe, que é um pouco melhor em dar conselhos sobre relacionamentos.

Ele acaricia meu braço. "Rompimentos são difíceis, mas era inevitável."

"Eu sei", respondo, apesar de não estar totalmente convencida disso.

Faz uma semana e meia que Lance me dispensou, e a verdade é que estou me sentindo pior, não melhor. Superei a raiva e, durante a maior parte do tempo, os acessos de choro, mas o vazio... a saudade... continuam aqui.

"Jimbo!"

Ben entra na sala e os dois se cumprimentam com o punho fechado, como costumam fazer. Em seguida Ben se joga no sofá e pega o controle para aumentar a tv. "Porra. O jogo está duro."

Os olhos do meu pai se iluminam, mas, no último instante, ele os volta para mim.

Abro um sorriso e faço um gesto indicando que vou para a cozinha. "Fiquem à vontade aí. Vou matar um vinho com mamãe enquanto falamos mal dos homens."

"Me deixa de fora da sua lista!", Ben grita para mim. "Não esqueça quem foi que tirou seus cabelos nojentos do ralo da banheira hoje!"

Estico a cabeça de volta para a sala. "Não vou esquecer. E você não esqueça quem lava sua roupa e quase toda a louça, compra aquela proteína em pó horrorosa e se livrou da última garota que não ia embora..."

Ben aumenta o volume do jogo a um nível de estourar os tímpanos. Abro um sorriso, porque sei que acertei em cheio.

Mas, para dizer a verdade, não me incomodo de cuidar da casa. Admito que até que tenho um pouquinho de mania de limpeza.

Quando volto à cozinha, minha mãe está servindo sauvignon blanc para nós duas.

Para minha surpresa, ela aponta com a cabeça para a sala de visitas na frente da casa — um cômodo que, como a maioria das famílias, só usamos no Natal e... nunca mais. Em geral conversamos na cozinha enquanto ela prepara a comida e eu finjo ajudar.

"As enchiladas estão no forno e a salada está pronta", ela explica. "Além disso, quero que alguém que saiba apreciar as almofadas novas que comprei as veja. O máximo que seu pai conseguiu dizer foi 'São cor-de-rosa'."

Vamos juntas até a sala. "Que absurdo! Elas são *claramente* cereja."

Minha mãe ergue a taça para mim. "Finalmente! Obrigada."

Dou uma boa olhada nela enquanto nos sentamos nas poltronas, uma na frente da outra, mas discretamente, sabendo do esforço que vem fazendo para deixar a doença para trás. Ela está ótima.

"Então", minha mãe começa assim que dou um gole no vinho. "Ele ligou?"

Faço que não com a cabeça, ciente de que está falando de Lance. "Nada. Nem mesmo uma mísera mensagem desde a noite em que me deu um pé na bunda."

Minha mãe contorce os lábios. "Acho que não é tão ruim assim. Um rompimento definitivo provavelmente é melhor que um dramalhão longo e arrastado."

"Foi o que eu pensei!", exclamo, me inclinando para a frente. "Mas isso vale em teoria. Na verdade está fazendo com que eu me sinta meio... descartável. Como o Lance consegue tirar, tipo, cinco anos de relacionamento da cabeça assim?" Estalo os dedos.

Ela dá um gole de vinho e me encara. "Sente falta dele?"

Olho para minha taça. "Sinto falta de... Sinto."

Mas meu tom é bem morno, e ela levanta as sobrancelhas. "Talvez você sinta mais falta de estar em um relacionamento do que do próprio Lance."

Roo a unha. "Hã, mais ou menos..."

Ela me lança um olhar intrigado, e entendo por quê. Conversamos sobre tudo, mas agora estou visivelmente sem jeito.

"Sinto falta do sexo", digo logo de uma vez, lançando um olhar frenético para a entrada da sala a fim de me certificar de que meu pai ainda está em seu paraíso esportivo com Ben.

"Ah", ela diz, se recostando na poltrona.

Para meu alívio, parece apenas compreensiva, e não sem graça. Ela é a melhor.

Então franze os lábios. "Lance... Estava ruim? Com ele?"

"Na verdade, não", respondo, entendendo muito bem a pergunta. "É que a coisa ficou, hã... menos frequente nos últimos tempos. Acho que eu deveria ter visto isso como um sinal de alerta. Mas andei pensando. Sou jovem, saudável e só quero..."

"Transar", ela completa.

Dou um gole no vinho. Um belo gole. "É. Agora me promete que não vai ligar pra todas as suas amigas amanhã pra contar que sua filha é uma tarada", digo em tom de brincadeira.

Ela sorri. "No máximo, eu ia me gabar de ser uma mãe tão incrível a ponto de conseguirmos ter essa conversa."

"Você é mesmo o máximo", complemento. "E, sendo assim, deve ter uma pílula de sabedoria guardada dizendo que o lado físico não é tudo num relacionamento e que preciso segurar a onda até o cara certo aparecer."

"De jeito nenhum", ela responde, sacudindo a cabeça. "Nunca diria esse tipo de coisa. Vivi os anos 1970 e *abracei* o espírito da época em todos os sentidos." Não consigo evitar uma careta, e ela abre um sorriso malicioso. "Mas estou vendo que você não é tão moderna quanto eu."

"Não mesmo", murmuro, com a taça na boca. Não consigo relacionar minha mãe a amor livre e coisas do tipo. Nossa.

"Não se preocupa. Vou te poupar dos meus dias de glória em Berkeley", ela continua. "Mas uma coisa eu posso dizer, com base na minha experiência... seu coração não precisa estar comprometido para você, hã, se divertir. Mas vai curtir muito mais se pelo menos gostar da pessoa."

"Então, esse é o problema", respondo, escorregando para a beirada do assento. "Estou percorrendo os bares com amigos já faz uma semana. Não que esteja procurando qualquer um, mas quero saber quais são as opções. E... nossa! Quando vejo um cara bonito, depois de dois minutos de conversa já quero dar no pé."

Ela assente. "Química é como todo o resto na vida. Quanto mais você procura, mais difícil fica encontrar."

Afundo na poltrona. "É tudo o que você tem a dizer? Que vai ser difícil?"

"Nãããoo", ela responde. "Só estou dizendo que talvez esteja procurando a coisa errada. Está atrás de magnetismo animal quando deveria buscar uma conexão mais profunda."

"Magnetismo animal, mãe? Sério?"

"Você entendeu o que eu quis dizer." Ela faz um gesto com o copo. "Só estou tentando falar que... você pode ir a bares e se divertir, como todo mundo da sua idade. Mas é uma garota esperta, o que significa que um corpo atraente e um rosto bonito talvez não sejam suficientes."

"Ótimo", murmuro. "Então só vou conseguir sexo satisfatório quando encontrar minha alma gêmea."

Ela sorri. "Não, só estou dizendo para encontrar alguém com quem possa conversar. Alguém que a faça *rir*. Acho que você vai descobrir que é isso que considera mais atraente."

Solto um suspiro. "Então está dizendo que não vou conseguir pegar um idiota qualquer?"

Minha mãe abre um sorriso. "Nunca é tão simples assim. Mas se você encontrar um que seja particularmente bem-dotado..."

"Meu Deus! Para com isso!"

Olhamos para a porta e vemos Ben, totalmente perplexo, tapando as orelhas com as mãos.

Ele sacode a cabeça. "Como nunca vou conseguir esquecer o que escutei, só me resta uma coisa a fazer."

Com uma expressão sombria, ele simula um revólver com o indicador e encosta na têmpora antes de nos encarar. "Quero que escrevam na minha lápide que sou um desses bem-dotados. Vocês duas têm essa dívida comigo, já que são culpadas pela minha morte."

Dou risada e levanto minha taça. "Qual é? Ontem à noite você passou catorze minutos explicando como adivinhar o tamanho do sutiã de uma mulher apenas com o toque. Você aguenta o tranco."

Ele aponta o dedo para mim. "Não fale em sutiã na presença da sua mãe."

"Não precisa se preocupar, Benjamin", minha mãe diz, erguendo a taça. "E Parker está no caminho certo. Vá buscar mais vinho, querido."

Ele faz uma mesura no melhor estilo mordomo e apanha as taças. "Vocês vão começar a falar de pinto assim que eu virar as costas?"

"Claro que não, querido", minha mãe diz, sem se alterar. "Seria muito mais fácil falar sobre pintos se você estivesse de frente para nós."

"Meus parabéns, sra. Blanton", ele diz, virando as costas. "Você conseguiu o impossível: me deixou oficialmente escandalizado. Sendo assim, não pode ficar brava comigo por ter comido as bordas do brownies que deixou esfriando em cima do fogão."

"É justo", minha mãe responde com uma risada.

Mas mal escuto essa parte da conversa.

O mundo silenciou inteiramente ao meu redor, me envolvendo em uma bolha de pensamentos perigosos. *Muito* perigosos.

Ben sai da sala, mas eu continuo olhando para a porta por um bom tempo antes de levar o dedo ao lábio.

E se minha mãe estiver certa?

E se o cara certo para aplacar meu desejo sexual for alguém que me faz rir? Alguém com quem consigo conversar.

E se o cara certo...

... estiver bem na minha cara?

8

BEN

Parker fica em silêncio na maior parte do caminho de volta para casa. Na verdade, isso não me preocupa, porque não temos problemas com o silêncio um do outro. Mas ela ficou quieta durante o jantar também, o que não é normal.

"Falar ou calar?", pergunto.

"Hã?"

Eu a observo mais atentamente. "Você está esquisita."

Ela me lança um olhar no carro quase às escuras. Sua expressão é indecifrável, o que me preocupa ainda mais. Não sou muito bom em muitas coisas, mas sempre entendi o que Parker está sentindo.

É isso que acontece quando você divide uma casa com sua melhor amiga. Começa a conhecer a garota tão bem quanto a si mesmo. Até melhor.

"Vai sair hoje à noite?", ela pergunta.

Encolho os ombros. "Não sei. Por quê, quer ir?"

Fico torcendo silenciosamente para que diga não. Não porque não quero passar mais tempo com ela, mas porque estamos saindo juntos com frequência ultimamente e, apesar de ser divertido — na maior parte do tempo —, uma noite mais tranquila não cairia mal. Ficar com Parks no sofá vendo alguma porcaria na tv ou um filme idiota parece bem mais interessante que me arrumar para falar com desconhecidas.

E uma das obrigações de quem tem uma melhor amiga mulher, como de quem tem um melhor amigo homem, é ajudar a conhecer alguém quando ela pede.

Só que também sinto que preciso ser protetor. Parker ia me matar se soubesse, mas a acompanho nas noitadas mais para garantir que não termine com nenhum cretino do que para achar um cara legal para ela.

Então, não, eu não quero sair esta noite. Mas, se ela for, vou junto.

"Não, acho que vou ficar em casa", ela diz. "Estou com a barriga cheia demais para usar qualquer coisa que não seja uma calça de elástico."

"O segundo prato de lasanha te deixou com peso na consciência?", pergunto, relaxando um pouco agora que ela não está mais quieta e esquisita.

"Olha quem fala, o cara que comeu três."

Bato na minha barriga. "Eu jamais ofenderia sua mãe comendo uma quantidade menos que obscena."

A mãe de Parker cozinha bem, mas a questão não é a qualidade da comida, e sim o fato de ser caseira. Não sinto saudade de muitas coisas de casa, mas da comida sim. É claro que os jantares em família na minha casa não são tão agradáveis como os dos Blanton.

Nunca soube o que era pior: os sermões que ouvia quando sentava à mesa da minha mãe ou os silêncios constrangedores que meu pai tentava quebrar puxando conversa conosco quando éramos crianças.

Parker ficou quieta de novo. Dessa vez, eu a deixo sossegada.

Quando chegamos em casa, vamos para a cozinha — ela para pôr as sobras na geladeira, eu para pegar um copo d'água.

Com base em seu silêncio, imagino que vá se trancar no quarto, mas em vez disso ela se senta à mesinha da cozinha, batucando no tampo e olhando para pontos aleatórios na parede.

Reviro os olhos, sirvo um copo d'água para ela e me sento do outro lado da mesa. "Desembucha."

Ela me encara e contorce os lábios. Percebo que está tentando decidir se fala ou não.

"Certo." Levanto as mãos. "Já cumpri minha obrigação de melhor amigo. Não vou ficar implorando pra você falar. Se quiser ser bajulada, pode ligar pra Lori ou Casey."

Sou um bom amigo, mas minha paciência tem limites.

Ela me segura pelo pulso quando tento me afastar. "Quero falar uma coisa com você."

"Ai, meu Deus", resmungo, realmente irritado com o ataque de criancice. "Como se não fosse isso que estou tentando fazer há vinte minutos."

Ela passa a língua nos lábios, solta meu punho e desvia o rosto.

Cruzo os braços e a encaro. Parker tem seis segundos para começar a falar o que quer que seja que está tramando ou...

"Você conversa com as garotas que leva pra cama?", ela pergunta por fim.

Levanto uma sobrancelha. "Como assim? Quer saber se eu tiro a mordaça e permito que falem? Só quando gosto delas."

Ela tenta dar um chute na minha canela, mas consigo me esquivar. "Você sabe do que estou falando", Parker diz. "Depois de fazer o que precisa pra conseguir levar alguém pra cama, mas *antes* de querer mandar a garota embora, você conversa com ela?"

"Claro", respondo, sem entender aonde quer chegar com essa conversa.

"Estou falando conversar *de verdade*! Você gosta delas?"

"Gosto de..."

Parker levanta uma mão. "Estou falando como pessoa. Você gosta delas?"

Começo a coçar o queixo. "Por que estou com a sensação de que de um jeito ou de outro vou sair como o babaca da história?"

"Então você não gosta delas", Parker conclui.

"Caramba, sei lá. Não é que eu *não* goste delas; caso contrário, não traria pra casa, ou não iria à casa delas, ou pra onde quer que seja. Mas não é que eu..."

Coço o queixo de novo, sem saber o que ela espera que eu fale. Sou mulherengo mesmo. Sei disso. Mas nunca iludi ninguém. Nunca insinuei que tinha algum interesse além de uma noite.

Nunca me senti mal com a maneira como conduzo meus relacionamentos (apesar de "relacionamento" não ser a palavra certa), mas, pelo jeito como Parker encaminha a conversa, parece que está armando uma para mim.

"Você está arrependida daquela ideia de sexo sem compromisso?", pergunto.

"Sim."

Graças a Deus.

Mas fico surpreso. Não por ter mudado de ideia — ela não faz o tipo "uma noite e nada mais" —, mas por ter desistido antes mesmo de tentar.

Porque, até onde eu sei, apesar de nossas idas a vários bares, Parker não ficou com ninguém desde que se separou de Lance, umas duas semanas atrás.

"Estou fazendo tudo errado", ela diz.

"Ah, sim", respondo, cruzando os braços e me apoiando no balcão. "Principalmente porque parece ter o dom de se interessar pelo maior babaca de todos os bares em que entramos."

"Exatamente!" Os olhos dela se iluminam, seu tom de voz se anima. "Não consigo nem conversar com esses caras por mais de um minuto sem querer morrer."

"Ah, então você quer saber como consigo conversar com garotas em quem não estou interessado de verdade", complemento, enfim entendendo do que estamos falando. Ou não.

"Hã, não", ela responde. "Na verdade não estou nem aí pra isso."

Pelo amor de Deus, vou acabar esganando essa garota. "Você precisa mesmo de mim nessa conversa?", pergunto. "Acho que consegue continuar andando em círculos muito bem sozinha."

Ela fica de pé. "Quando eu disse que estou desistindo dessa coisa de sexo sem compromisso, quis dizer que desisti de fazer do *seu* jeito. Você nunca quis ficar com uma pessoa de quem goste? Pra depois não sentir que precisa se livrar dela o quanto antes?"

"Hã, claro, mas..."

"Não quer saber como é estar com alguém que não te entedie? Alguém de quem goste?"

Os sinais de alarme começam a ressoar na minha cabeça. Se não estivesse encostado no balcão, daria um passo atrás. "Por favor, não me diz que quer que eu saia com uma das suas amigas. Pensei que fosse contra, aliás."

"Ah, mas eu sou", ela diz com um sorrisinho. "E não se preocupa, o que estou propondo não vai terminar com você tendo que mandar flores no Dia dos Namorados nem presente de um mês de aniversário de namoro."

"Ótimo, mas ainda não entendi qual é a proposta."

Desde quando temos tanta dificuldade em entender o que o outro está falando?

Parker põe as mãos na cintura, em seguida as tira. "Acho que a gente deveria transar."

Eu gostaria de deixar registrado que mereço uma medalha de honra ao mérito por não ter caído na risada, desmaiado ou saído da cozinha pisando duro.

"Quanto vinho você bebeu hoje?", pergunto, apesar de saber que não foram mais de duas taças, e faz tempo, porque ela ia voltar dirigindo.

"Eu sei", Parker continua, entrelaçando os dedos e mordendo o lábio. "Sei que parece loucura, e sei que estou jogando tudo isso em cima de você..."

"Você acha mesmo?", retruco, experimentando uma rara sensação de estar prestes a perder as estribeiras. "O que você quer que eu responda, Parker? Espero que entenda por que estou meio sem reação aqui."

Ela olha para o chão e, apesar da raiva, sinto uma pontada de culpa, porque não deve ter sido fácil dizer aquilo. Foi um ato de ousadia. É preciso admitir.

Mas passamos anos e anos tentando explicar para o mundo inteiro que não somos amigos que transam de vez em quando, que não reprimimos uma paixão pelo outro, e agora ela está querendo jogar tudo pela janela por...

"Por quê?", pergunto, percebendo que deveria ter começado por aí. Meu tom de voz está um pouco mais suave agora que sei que deve haver alguma razão por trás desse surto de insanidade.

Ela volta a me encarar. "Por todos os motivos que falei. Quero... quero que o sexo seja divertido, sabe? Mas não tem como se a outra pessoa me entediar, me irritar, se eu estiver com medo de que tenha DST ou seja um psicopata..."

Abro um sorriso ao ouvir isso, porque é a cara dela. "Você está pensando demais no assunto."

"Exatamente! Meu cérebro não vai me deixar fazer isso com um desconhecido, porque tem muitas variáveis envolvidas. Não vou conseguir relaxar e aproveitar o momento. De repente, se eu tivesse anos de prática como você, ou como a Lori..."

"Não se irrite comigo", digo, levantando as mãos, "mas não acha possível que você simplesmente não sirva pra essa coisa de sexo sem compromisso? Por que não espera o cara certo aparecer pra tirar o atraso?"

Para minha surpresa, Parker não parte para o ataque nem por eu estar sendo meio machista nem por usar a expressão "tirar o atraso".

"Não posso arriscar", ela responde baixinho.

Enrugo a testa. "Como assim?"

A voz dela soa ainda mais fraca. "Me machucar."

Meu estômago se contrai ao ouvir isso. Ela parece tão fragilizada.

"Levar um pé na bunda dói", ela continua. "Não sei se Lance era o amor da minha vida. Acho que não, porque não estou exatamente trancada no quarto sofrendo. Mas eu gostava dele, estava apaixonada. Não fui correspondida, e não quero passar por isso de novo."

Fecho os olhos com força, me sentindo tão despreparado para esse tipo de conversa que realmente não sei o que fazer.

Minha resposta é cautelosa. "Eu entendo. De verdade. Mas a solução não é... essa", complemento, sem o menor tato.

Como ia parecer? Como ia ser?

"Mas você vive tendo casinhos por aí", ela argumenta. "Por que não comigo?"

Eu a encaro. "Você sabe por quê. Estragaria tudo."

"Só se a gente deixar", Parker diz, dando um passo hesitante à frente. "Confiamos um no outro. Damos risada juntos. Somos atraentes..."

"Mas não atraentes um pro outro", me apresso em esclarecer.

Ela inclina a cabeça. "Aposto que a gente consegue superar isso."

Eu me lembro da minha estranha reação à Parker bêbada tirando a blusa na minha frente algumas semanas atrás e percebo que ela está certa. Dá para superar essa coisa de "é a Parker" em dois tempos se ela aparecer com aquele sutiã vermelho de novo. Ou então um preto. Ou sem nenhum. Ou...

"Não", respondo, tenso. "Não vai rolar."

"Não precisa ser estranho", ela insiste. "A gente conseguiu contornar todos os clichês sobre homens e mulheres serem amigos, por que não superaria o clichê de que o sexo estraga a amizade?"

"Não vai rolar", repito, terminando meu copo d'água em dois goles e indo até a geladeira, agora para pegar uma cerveja. Estou precisando de uma.

Sinto que ela me observa enquanto procuro o abridor. Percebo seu olhar quando dou um gole longo e merecido.

"Acho que você está certo", ela concorda por fim.

Graças a Deus.

"Que bom que entendeu", digo, sarcástico.

Ela vai até a geladeira e pega uma cerveja também. "Certo." Em seguida, solta um grunhido. "Argh. Isso foi... constrangedor. Desculpa. É que... eu estava desanimada e comecei a pensar numas loucuras."

"É?"

Ela pega a tampa da garrafa que deixei em cima do balcão e joga no lixo junto com a sua. "É que fiquei imaginando a gente se beijando e..."

Parker interrompe a frase no meio e estremece de um jeito dramático. "Eca."

Minha garrafa fica parada no ar. "Eca?" Seria esquisito, claro. Uma loucura. Mas não "eca".

"Não seria tão ruim", resmungo antes de pensar no que estou dizendo.

Ela olha para a minha boca e faz uma careta antes de virar o rosto com uma risadinha. "Seria, sim! Você sabe que seria."

Certo, não tenho orgulho de dizer isso, mas... a risadinha dela me ofende. Não no sentido "vou precisar de terapia", mas meu ego fica um pouquinho ferido.

Aponto minha cerveja na direção dela. "Fique sabendo que eu beijo muito bem."

"Desculpa", ela diz, sacudindo a cabeça. "Deve beijar, mas sei lá."

Desencosto do balcão, e um pensamento me vem à mente. "Pode parar. É algum tipo de psicologia reversa? Está tentando conseguir o que quer me desafiando?"

"*Ahhh*", ela diz em tom provocador. "Você ficou chateado! Ofendi sua masculinidade?"

Sim.

"Não", resmungo.

"Com certeza você é muito bom", ela continua, indo para a sala de estar e dando um tapinha no meu braço de passagem. "É só que..."

Eu a seguro pelo pulso e a puxo de volta. "Você não ia dizer 'eca'."

Ela franze o nariz. "Tá."

Dá para ver que ela não acredita em mim, e meu espírito competitivo vem à tona. Ponho a cerveja no balcão. "Quer apostar?"

"Como assim?" Ela me encara como se eu fosse louco. E como quem diz "eca".

Meus olhos se voltam para os lábios dela por um instante. Estranhamente, fica bem fácil esquecer que ela é a Parker por um tempo, porque sua boca é... tentadora.

"Está com medo?", pergunto.

Parker revira os olhos. "Ah, e quem é que está fazendo joguinhos agora?"

Mas ela não se afasta, e eu avanço. "Um beijo. Se você disser 'eca', lavo sua roupa por uma semana."

"Como se eu fosse deixar você cuidar das minhas roupas."

"Então você toma banho primeiro por uma semana", sugiro. "E não vou nem reclamar se acabar a água quente."

Os olhos dela se acendem de interesse. Parker adora tomar banhos longos e quentes. "Que tal um mês?"

"Fechado", digo. "Mas se gostar do beijo... mesmo que só um pouquinho... eu fico no comando do controle remoto por um mês. Nada de *Bachelor* sem minha aprovação. Nem aqueles programas de maquiagem, muito menos de culinária."

Ela morde o lábio, e percebo que está apreensiva, porque é o tipo de garota capaz de passar *horas* vendo as pessoas fazerem cupcakes na tv.

É uma aposta alta.

Mas Parker deve estar bem confiante de que o beijo vai ser um desastre, porque no fim dá de ombros. "Certo. Acho que, se você é *tão* confiante assim, não vai ligar de tomar banho frio por um mês."

Cruzo os braços. "Você tem certeza de que eu beijo mal."

"Não, com certeza você beija bem", ela responde com um gesto. "É que... não acho que vou gostar. Você é quase um irmão pra mim."

Irmão?

Irmão?

Como assim?

Sim, minha relação com Parker é platônica, e eu gosto dela como se fosse... Não. Não. Não consigo nem juntar as palavras "Parker" e "irmã" na mesma frase.

No momento, meu pau está muito consciente de que ela *não é* minha irmã, e de que acabou de insultar minhas habilidades.

Preciso pôr as coisas no devido lugar. Não passei anos cultivando minhas técnicas de sedução para nada.

Tiro a garrafa de cerveja da mão dela, ponho de lado e me coloco bem à sua frente.

Pela primeira vez desde o início dessa conversa maluca, o tom de brincadeira desaparece do rosto de Parker, que parece apreensiva. Ela se recupera imediatamente, abrindo um sorriso de deboche.

"Me diz quando minha cabeça deveria estar nas nuvens", ela brinca, toda meiga.

"Ah, você vai saber", respondo.

Dou um passo à frente, mas ela recua.

"Não vai dar certo se você ficar fugindo."

"Desculpa", Parker diz, entrelaçando os dedos e em seguida baixando a mão. "Mas é muito esquisito."

É mesmo. Demais. Mesmo assim estou determinado a fazer acontecer. Porque sou obrigado a admitir: quero muito comandar o controle remoto. A ideia de me livrar das porcarias dos reality shows e ver jogos o tempo todo...

Dou outro passo à frente, estendo as mãos, mas de repente fico sem saber onde colocá-las. Cintura? Rosto? Quadril?

Não pensa demais.

Acabo colocando nos braços dela mesmo, já que vai ser só um beijo rápido, para provar que estou certo. E, sim, um beijo rápido é o bastante. Sou muito bom nisso.

Suas mãos continuam onde estão. Parker umedece os lábios, apreensiva, e meus olhos acompanham o movimento de sua língua rosada.

"Você precisa ser honesta", digo, baixando o tom de voz. "Se for bom, vai ter que dizer."

Ela assente, e eu acredito nela. Parker é sincera até não poder mais, pelo menos comigo.

Minha cabeça se move alguns centímetros para a frente, e eu me interrompo quando percebo o que estou fazendo. Estou prestes a beijar Parker. Estou prestes a beijar minha melhor amiga no mundo inteiro, a pessoa mais importante...

Afasto o pensamento. Porque apenas por esse instante ela não é Parker. Não a minha Parker. É só uma garota linda esperando para ser beijada.

Chego mais perto, com os olhos cravados em sua boca, e então...

Ela dá uma risadinha.

"Parker!"

Ela leva a mão à boca. "Desculpa! Desculpa, de verdade. Certo, pode vir."

Cerro os dentes, com a confiança abalada, mas agora estou ainda mais determinado a provar que está errada. A fazer com que se arrependa da risada. Com que...

Meus lábios tocam os seus de leve, e sinto que ela respira fundo...

Sinto isso com toda minha alma. Então resolvo aproveitar o fator surpresa e chego mais perto.

Os olhos dela ainda estão abertos, assim como os meus. O contato visual é esquisito demais, então tento aprofundar o beijo. Meus lábios se movem contra os dela, em um atrito cauteloso.

Minha mente está fugindo do controle, tanto por causa do gosto ao mesmo tempo familiar e desconhecido da boca dela como porque parece que estou fazendo uma demonstração de todas as lições sobre beijar que aprendi ao longo da vida.

Sem muita saliva ou pressão. Não respirar muito fundo, não me esfregar nela, não apressar as coisas...

Meu cérebro está tão ocupado, tão desesperado para que minha tentativa não termine com um "eca", que demoro um tempo para perceber que é um beijo unilateral.

Parker não está reagindo. Não está retribuindo o beijo. E *com certeza* não está gemendo de satisfação.

Lentamente, eu me afasto, abrindo os olhos, e percebo que os dela nem se fecharam.

Pelo menos ela não dá risada. Não tira sarro. Mas, quando dá um passo atrás, sua expressão é um pouco presunçosa, e eu sei por quê.

"Lamento pelo mês de banhos frios que você tem pela frente", ela diz com um tom doce. "Esse beijo não serviu nem para..."

Avanço sobre ela, me aproveitando do meu tamanho para prensar seu corpo contra a parede, proporcionando no máximo uns cinco segundos para que perceba o que vai acontecer antes de segurar seus pulsos. Coloco suas mãos acima da cabeça e colo seus braços à parede.

Saboreio um brevíssimo instante de satisfação ao ver a expressão de choque e desejo em seu rosto antes de encostar meu corpo em suas curvas suaves, antes de tomar sua boca.

E, dessa vez, o beijo é para valer.

9

PARKER

Cometi um erro. Um erro tático terrível:

Subestimei Ben.

Mas deveria saber. Eu o conheço melhor que ninguém. Melhor do que a mim mesma. Sei o quanto é competitivo, e deveria saber que seus impulsos estariam voltados para suas habilidades sexuais.

E, *meu Deus*, isso ele tem de sobra.

O primeiro beijo foi no máximo morno. Ele estava se esforçando demais para se provar, é verdade, mas eu não estava muito no clima, porque fazia questão de não sentir nada. Não podia me deixar abalar com o fato de que seus lábios eram gostosos e seu cheiro era delicioso. Havia muita atividade cerebral envolvida, de ambas as partes.

Mas agora — no segundo beijo — nem sei mais onde meu cérebro fica.

Só existem mãos, lábios e a sensação do corpo excitado de Ben contra o meu. Eu deveria estar fugindo para me salvar; quando acabar, provavelmente é o que vou fazer.

Mas enquanto isso...

Eu retribuo.

Nunca fui beijada desse jeito antes. Nunca fui prensada contra a parede, com as mãos presas por dedos fortes e braços ainda mais. Nunca tive minha boca devorada como se fosse a melhor das sobremesas por um corpo firme e masculino que faz com que me sinta exatamente a mulher que sou.

Tento lembrar que o homem em questão é Ben.

E consigo.

Então a língua dele encontra meu lábio superior, acariciando-o até me fazer suspirar, depois deslizando para dentro da minha boca, se enroscando na minha. Eu esqueço que sou Parker e que ele é Ben, e me lembro apenas de que somos um homem e uma mulher, e de que nascemos para *isso*.

Contorço os dedos e os pulsos até ele finalmente me soltar. Minhas mãos se dirigem imediatamente para sua cabeça e meus dedos agarram seu pescoço para manter sua boca bem perto. As mãos dele vão para minha cintura, me prensando com ainda mais firmeza contra a parede, e meus quadris se projetam para a frente, lembrando exatamente o que acontece em seguida.

E, meu Deus, como eu quero o que acontece em seguida.

Era sério que eu tinha voltado atrás na minha ideia maluca. A explicação dele fazia todo o sentido.

Mas não estou nem aí para o bom senso no momento.

Não quando a boca dele vai para meu pescoço, não quando seus beijos quentes e molhados passam logo abaixo da minha orelha, não quando suas mãos percorrem minhas costas com carícias possessivas.

Só quero... Ben.

Não, isso não está certo. Não é Ben que eu quero. Quero sexo. Ele é só um instrumento.

Certo?

Certo?

Meu cérebro não confirma a informação, o que me deixa em pânico.

Minhas mãos encontram seus ombros e eu o empurro, a princípio de leve, depois com mais força.

Ben recua devagar, relutante, e eu me preparo para um sorrisinho presunçoso, mas, para minha surpresa, Ben não parece triunfante. Só... confuso.

É como eu me sinto também.

Me obrigo a abrir um sorriso, sentindo um desejo repentino de voltar à nossa relação de sempre. Tranquila. Casual. De amizade.

"Pelo jeito você vai ter que ver *Bachelor* no computador por um tempo, hein?", ele diz.

Seu sorriso demora um pouco mais que o habitual para aparecer, mas me faz soltar um suspiro de alívio.

"E então?", ele quer saber. "Vai falar 'eca'?"

"Foi o.k."

Suas mãos estão apoiadas na parede, uma de cada lado do meu corpo. Devagar, ele recua, abrindo um espaço entre nós, o que me deixa ao mesmo tempo aliviada e decepcionada. "O.k.?", ele pergunta.

"O.k., você estava certo", concordo. "Mas eu também."

"Por que acha isso?"

Dou um tapinha em seu ombro. "Eu disse que era melhor quando a gente gostava da outra pessoa."

Ele levanta a sobrancelha e vai pegar nossas cervejas. "Acha que foi melhor?"

É minha vez de ficar com o ego ferido. "Está me dizendo que todos os seus beijos são assim?"

Por favor, não.

Ele dá um gole na cerveja enquanto considera minha pergunta. "Não, nem todos."

Fico aliviada.

"Talvez você tenha certa razão", ele murmura. "Talvez esse lance de amigos que transam possa ser... benéfico."

Sinto um frio na barriga. Não por descobrir que estava certa, mas pela pontada de pânico provocada pelo que ele acabou de dizer. Pelo que estamos prestes a fazer.

"Acho melhor repensar", digo.

Ele me encara. "Você não vai falar 'eca' agora, né?"

Muito pelo contrário.

"É que... pode ser que você esteja certo. Sobre as coisas se complicarem." Dou um gole na cerveja que ele me entregou. Está quente, o que me faz perguntar quanto tempo o beijo durou.

"Bom, essa é a maravilha de ser adulto, Parks. É a gente que decide o que vai ser complicado e o que vai ser puro, simples e divertido."

Fico tentada. E muito.

"E como isso funcionaria?", pergunto.

Ele revira os olhos. "A ideia foi sua. Não considerou todos os detalhes aquele tempo todo em que ficou pensando no caminho de volta?"

Droga. Às vezes parece que o cara lê meus pensamentos.

"Bom", respondo, lambendo os lábios. "Eu estava pensando que a primeira regra poderia ser não haver regras."

Ele dá risada. "Sua cabeça deve estar em parafuso. Você adora regras."

"Eu sei, e é por isso que agora precisa ser diferente", me apresso em explicar. "Não existem limites para as vezes que a gente pode... querer. Nem limite de tempo. A gente para quando perder a graça."

"E vai envolver exclusividade?"

É minha vez de dar risada. "Agora é a sua cabeça que está em parafuso. Ao menos sabe o que significa 'exclusividade'?"

"Já ouvi falar", ele murmura. "Só estou pensando... você não vai ficar puta quando eu trouxer outras garotas para casa?"

"Vou dizer o que penso: enquanto a gente estiver nisso, seja lá o que for, vai ser só a gente mesmo. Mas, quando quiser voltar pra sua rotina de uma garota diferente por noite, é só avisar que a gente cancela tudo, sem ressentimentos."

Ben estreita os olhos. "E pra você? Valem as mesmas regras?"

"Claro."

Não que eu pretenda ter um fluxo constante de parceiros sexuais como Ben, mas acho que transar com alguém em quem confio é exatamente do que preciso para deixar de pensar de mais e agir de menos.

Talvez seja isso que vá me fazer viver em vez de *pensar* tanto.

"Certo", ele se limita a dizer. "Quando a gente começa?"

Mais uma vez, sinto um frio na barriga.

"Uma coisinha", digo, levantando o dedo. "Acho que a gente precisa ter uma palavra de segurança."

Ben engasga com a cerveja. "Que tipo de coisa você curte?"

Reviro os olhos. "Não pra *isso*. O que eu quis dizer foi que, quando um de nós quiser pular fora, por qualquer razão, é só usar a palavra e acabou, sem questionamentos, nunca mais tocamos no assunto. Tudo volta a ser como antes."

"Mas eu achei que a gente não ia deixar as coisas se complicarem."

"E não vai", me apresso em dizer. "Mas temos que estar preparados. Inclusive para o caso de não dar certo."

Ele dá de ombros. "Tudo bem. Qual é a palavra?"

"Alguma coisa aleatória", sugiro. "Que a gente não menciona em uma conversa do dia a dia."

"*Monogamia*?", ele sugere, com um sorrisinho presunçoso.

"Eu estava pensando em algo como 'maracujá'."

Ben cai na risada. "Sua palavra de segurança tem um 'cu já' no meio?"

Fico toda vermelha. "Então pensa *você*!"

"Que tal violoncelo?", ele sugere.

"Violoncelo?"

"Com certeza não é algo que vai surgir numa conversa normal."

"Certo", digo, pensativa. "Por mim tudo bem."

"Beleza, então. E aí? Quando a gente começa?"

Seus olhos me percorrem dos pés à cabeça, e eu dou risada. "Homens."

"Esse beijo foi intenso, Parks. Não é estranho eu dizer isso, né?"

"Não", concordo. "E foi mesmo intenso."

Pra dizer o mínimo.

"Então o que a gente está esperando? Na minha cama ou na sua?"

"Ah, mais uma coisa", aviso. "Você vai ter que trocar os lençóis sempre. Ou então só vai rolar na minha cama."

"Sempre pensando demais", ele comenta, sacudindo a cabeça. "Confia em mim, quando a coisa começar, você não vai nem querer saber se o lençol está limpo ou não."

"Vou, sim."

Mas não sei se vou. Não se ele fizer o resto tão bem quanto beija.

Ben termina a cerveja e joga a garrafa no cesto de recicláveis. Portland está começando a fazer efeito sobre ele. Quando mudou para o Oregon, costumava jogar embalagens recicláveis no lixo como se não fizesse a menor diferença. Eu o treinei direitinho.

Ele vira para mim. "Certo, está na cara que a sua mente hiperativa precisa de tempo pra assimilar tudo isso, então vou ver tv e curtir o comando total sobre o controle remoto. Me chama quando quiser começar."

"Amanhã à noite, às oito", digo, antes de acabar perdendo a coragem.

Ele interrompe o movimento para pegar outra cerveja. "Ah, não. A gente vai *agendar*?"

Levanto o queixo. "Comigo é assim que as coisas funcionam. É pegar ou largar."

Então, só para ser um pouco cruel, passo a língua pelo lábio inferior. Bem devagar. Deliberadamente.

Ele percebe.

"Certo." Seu tom de voz sai áspero. "Amanhã às oito."

Dez minutos depois, estamos os dois largados no sofá. Por sorte, não tem nenhum jogo na TV, então ele se contenta com um filme de suspense que ainda não vimos.

Suas pernas estão esticadas sobre a mesinha de centro. As minhas estão nas dele, para que eu possa deitar.

Está tudo como sempre. Nada parece diferente nem esquisito.

Só uma coisa está um pouco diferente.

Estou torcendo para que a noite de amanhã chegue logo.

10

BEN

Gosto do meu trabalho. De verdade. E acho que sou bom no que faço, porque estão até dizendo que vou ser promovido.

Mas hoje?

Não estou conseguindo me concentrar em merda nenhuma.

Só olho para o relógio. Como uma daquelas pessoas que odeiam o trabalho e ficam verificando as horas o tempo todo só pra se decepcionar ao descobrir que passaram apenas cinco minutos.

Só que a maioria dessas pessoas espera ansiosamente pelas cinco da tarde. O horário em que podem correr para o happy hour, a ioga, ou simplesmente ir para casa.

Esse horário não significa nada para mim. Quero que chegue logo as oito.

Quando vou poder ver Parker Blanton pelada.

O pensamento me enche de pavor, ou no mínimo pânico. Ela é minha melhor amiga. Isso é... errado.

Mas, depois daquele beijo, tive certeza de que a única coisa *errada* foi não ter pensado nisso antes.

Sexo sem compromisso com a garota mais gostosa que conheço, de quem não vou querer me livrar logo depois?

É incrível.

Tento voltar minha atenção para o computador. Sou gerente de produto da equipe de e-commerce, um dos responsáveis pela seção masculina de golfe.

E adoro isso. É meio careta pirar tanto num emprego convencional, e jamais esperei que fosse acontecer comigo. Considerando que eu não sabia muita coisa sobre internet antes de vir para cá, muito menos sobre golfe, até que tudo rolou com bastante facilidade.

Meus dias são gastos pensando em melhorias para essa seção do site e preenchendo os documentos necessários para implementar algo, começar a fase de testes e tal.

Gerenciar o ciclo inteiro de determinado produto é bem gratificante, e não me arrependo de ter seguido meus instintos e desistido de cursar direito.

Apesar de meus pais terem ficado putos.

"Quer ir comer um burrito?"

Jason Styles está com as mãos apoiadas na divisória que separa nossos cubículos, apoiando o queixo na mão com cara de quem está morrendo de fome.

Olho para o relógio. "São onze e sete. Acabei de tomar café da manhã."

"Fica muito cheio depois do meio-dia", ele diz.

Abro a boca para argumentar, mas desisto. Dou de ombros e desligo o computador. Por que não? Não estou conseguindo fazer nada direito mesmo. Não com o sexo garantido desta noite.

Jason tem razão sobre o Burrito King — sim, esse é o nome do lugar. Ficamos só dois minutos na fila, em vez dos vinte de sempre. "Vamos comer ali", ele diz enquanto esperamos que nossa senha seja chamada.

"Ainda está evitando Sandy?", pergunto.

O grunhido dele me confirma isso.

Balanço negativamente a cabeça enquanto encho meu copo de coca. "Eu avisei, cara. Você precisa parar de sair com garotas do trabalho."

"E onde mais vou conhecer mulheres? Nem todo mundo consegue entrar num bar e sair de lá com vinte números de telefone."

Ignoro o comentário. Ele continua.

"Bom, eu não teria esse problema se você me deixasse sair com Park..."

"Não", interrompo antes que ele termine a frase.

"Mas ela está solteira agora."

"Como é que você sabe?"

"Encontrei com ela no Starbucks outro dia. Acho até que me deu mole."

"Acredita em mim: não deu, não."

Parker considera Jason um idiota completo, e dá pra entender por quê. O cara é um dos meus melhores amigos do trabalho, mas tem a péssima mania de falar com as mulheres olhando para os peitos delas. Ele tem a manha de passar uma hora falando com uma mulher num bar e errar o nome dela depois de tudo isso. E ainda se pergunta por que não consegue o telefone de ninguém.

"Ei, por falar na Parker...", Jason comenta.

Viro a cabeça na direção que ele indicou. Não é ela, mas Lori.

Ela parece sentir nossos olhares. Seu rosto se acende.

"Ela é muito gostosa", Jason murmura enquanto caminhamos na direção daquela loira maravilhosa.

"Ei, comam comigo!", Lori diz, apontando para as cadeiras vazias em sua mesa. "Não tomei café da manhã e estava morrendo de fome. Parker achou cedo demais pra almoçar."

Ela fez o convite a nós dois, mas sem tirar os olhos de mim, e me dou conta de que é a primeira vez que nos falamos sem Parker por perto.

Jason e eu nos sentamos, ele um pouco perto demais de Lori, mas ela não parece se importar.

Dez minutos depois, já estou sentindo um clima esquisito no ar. Apesar das várias tentativas de Jason de falar com Lori, ela sempre dá um jeito de direcionar a conversa para mim.

"*Você* estava nesse show, Ben?"

"Ben, isso não lembra aquele dia em que a gente..."

"Sei lá o que vou fazer no fim de semana. Você tem algum plano, Ben?"

Lori sempre foi paqueradora. Eu achava que era uma coisa da personalidade.

Mas, agora que Parker não está por perto para dar uns cortes, começo a me perguntar se não tem algo mais.

Termino meu burrito e me recosto na cadeira. Jason tagarela sobre seu tio, que vai conseguir ingressos para o Super Bowl.

Olho para Lori — não posso evitar, com ela me encarando desse jeito —, que abre um sorriso tímido e discreto.

Retribuo por reflexo, mas uma coisa fica bem clara: Parker não comentou com Lori o que combinou comigo.

As duas são próximas. Apesar de não namorarmos, sem chance que Lori ficaria dando em cima de mim se soubesse que eu veria sua amiga pelada em, hã, oito horas e dez minutos.

Não que eu esteja contando nem nada do tipo.

"Ei, Olsen. Está viajando?"

Olho de novo para Jason, que me encara impaciente.

"Desculpa, o que foi?"

"Eu estava dizendo que podemos ir os quatro naquele karaokê que meu primo falou, na sexta. Lori está livre, e você consegue convencer a Parker a ir. Que tal?"

Ele me lança um olhar informando que está recorrendo ao código de ética da amizade masculina para me obrigar a dizer sim. Sou obrigado a morder a língua para não perguntar qual das duas garotas vai ser o alvo de seus esforços na sexta à noite.

Mesmo assim, preciso confessar que adoro karaokês, e ele tem razão: com certeza consigo convencer Parker a ir, porque ela adora cantar. Depois de uma ou duas taças de champanhe, ninguém tira o microfone da mão dela.

"Claro, por que não?", respondo.

O sorrisinho de Lori se escancara, e tenho a primeira impressão de que meu acordo com Parker tem potencial para ser um *pouquinho* mais complicado do que imaginava.

11

PARKER

Continuo à espera de que as coisas fiquem esquisitas entre mim e Ben.

Me preparei para isso hoje de manhã, quando nos estranhamos por desconfiar que ele tinha usado minha toalha de novo.

(E usou. Sei muito bem.)

Fiquei à espera enquanto ele cantava junto, todo animado, as músicas do álbum da Taylor Swift que coloquei para tocar no caminho para o trabalho.

Fiquei à espera no caminho para casa, enquanto ouvia suas reclamações furiosas sobre seu mais recente projeto ter sido colocado em espera porque a verba foi usada em outro, que ele considerava "uma besteira total e completa".

Mas, quando Ben começa a se servir do frango à parmegiana que fiz para o jantar, ignorando deliberadamente a salada, meu medo desapareceu por completo.

Talvez a gente consiga fazer isso. Porque, por enquanto, a nudez iminente não abalou em nada nossa rotina.

Claro que a gente ainda não viu as partes íntimas um do outro. *Esse* vai ser o verdadeiro teste.

Dou uma espiada no relógio. Sete e quinze.

Quarenta e cinco minutos.

Fico à espera de que o nervosismo ou o arrependimento dê as caras.

Fico à espera...

E à espera...

Mas que nada. Estou empolgadíssima com a ideia.

"Ei, quer ir num karaokê na sexta?", ele pergunta.

"Ah, é", respondo, puxando um longo fio de muçarela e enfiando na boca enquanto arrumo a mesa da cozinha. "Lori falou que Jason descobriu um lugar novo."

"Não sei se vai ser do nível do Cody's", Ben avisa, se referindo ao nosso karaokê favorito da época da faculdade. "Mas se estiver a fim eu encaro."

Dou de ombros. "Claro."

Adoro karaokê. Adoro cantar de modo geral.

Ben está sentado à mesa na minha frente, enfiando um pedaço enorme de frango na boca, que um gole de cerveja ajuda a descer, então se recosta na cadeira. "Ei, Lori falou alguma coisa de mim?"

Olho para ele, surpresa. "Como assim? Quer saber se ela quer encontrar você debaixo da arquibancada do ginásio depois da aula?"

"Você entendeu o que eu quis dizer. Fiquei com a impressão de que... ela estava me dando mole na hora do almoço."

Mastigo lentamente a salada antes de engolir. "Bom... ela pegaria você fácil, se é isso que quer saber."

Ele levanta a camiseta, revelando o abdome perfeito. "Quem não pegaria?", ele diz. "Mas não foi isso que eu quis dizer... Ah, esquece."

"Que foi?", pergunto, inclinando a cabeça.

"Só fiquei curioso para saber se você não contou a ela sobre nosso... acordo."

"Não", respondo enfaticamente. "Eu meio que estava pensando em manter em segredo. Pras pessoas não começarem a tirar um monte de conclusões erradas."

"Concordo", ele se apressa em dizer. "É que... fiquei com a sensação de que ela quer que eu a chame pra sair ou coisa do tipo. Vai ver sou só eu sendo convencido. Não deve ser nada."

Olho para o prato. Tem alguma coisa aí. Os instintos dele não falham.

Sinto uma pontada de culpa.

Pelo fato de ter feito tudo para impedir que Lori ficasse com Ben, para depois transar com ele eu mesma.

Mas não foi por ciúme nem nada do tipo.

Só não quero que Lori sofra por não ser correspondida. Porque sei que correria um sério risco de se apaixonar por ele.

Eu não. Estou de olhos bem abertos. E meus olhos definitivamente gostaram de ver a barriga tanquinho dele alguns segundos atrás.

Quando começo a me deixar levar pela minha imaginação — vejo minha língua percorrendo as linhas do abdome definido de Ben —, um pensamento me vem à mente.

É uma distração muito maior que uma barriga tanquinho.

"Você *gosta* da Lori?", pergunto.

Ele para de mastigar, e a expressão que surge em seu rosto é cômica. E tranquilizadora.

"Não", Ben responde depois de engolir. "Quer dizer, gosto, claro, mas não... Eu não..."

"Já entendi", digo, com um sorrisinho. "Você nunca nem pensou."

Ele dá de ombros. "Ela é ótima. Só que não estou a fim de namorar, nem mesmo alguém legal como ela."

"É o que sempre digo pra ela!", respondo, jogando as mãos para cima. "Mas ela insiste."

Ben levanta as sobrancelhas. "Porque sou irresistível."

Ignoro o comentário. "Você vai me contar, certo? Quando estiver interessado por uma garota... pra namorar."

Ele assente. "Claro, com certeza. Vou mantendo você atualizada sobre o resfriamento do inferno também."

Volto a me concentrar no jantar, satisfeita por ter deixado as coisas claras quanto a Lori.

Mas fico me perguntando se não seria melhor contar a ela sobre nosso acordo. Porque, se descobrir por acidente, vai ficar chateada. Não acho que conseguiria entender.

Na maior parte do tempo, Lori aceita o fato de que Ben e eu somos só amigos.

Mas contar que estamos transando pode dar a entender que abuso da boa vontade dela.

E Lori não seria a única a olhar torto para nós. Tenho a sensação de que todo mundo que conheço teria uma ou outra coisa para falar sobre meu acordo com Ben.

Mas não estou nem aí. Só consigo pensar no fato de que daqui a vinte minutos...

Espera aí! Vinte minutos?

Largo o garfo ruidosamente e fico olhando horrorizada para meu prato quase vazio.

Ben olha para mim, sem parar de comer. "O que deu em você?"

"Preciso de um adiamento", aviso.

Ele franze a testa. "Está dando pra trás agora?"

"Não, é que... preciso de uma hora a mais."

Ele olha por cima do ombro para o relógio, depois de novo para mim. "Por quê?"

Aponto para o prato. Não está na cara?

Ben faz que não com a cabeça, mostrando que não entendeu.

Homens.

"Acabei de comer frango à parmegiana", explico com toda a paciência. "E daí?"

"E daí", continuo, "que preciso de um tempo até a comida assentar."

"Não vamos nadar, Parks. Você não precisa dar um tempo depois de comer."

Ele põe outro enorme bocado na boca. Fico só observando, perplexa. "Está me dizendo que consegue sentir tesão logo depois de traçar um prato desses?"

Ben olha para a comida e depois para mim. "Claro."

"Bom, eu não consigo. Sou mulher. A sensação de barriga estufada precisa passar."

"Barriga estufada? Você por acaso sabe o que é isso?"

"Claro que sei... ah, esquece", digo, afastando a cadeira e pegando meu prato.

"Espera aí." Ben segura meu pulso quando faço menção de ir até a pia, então espeta o garfo no último pedaço de frango do meu prato e leva à boca.

"Inacreditável", murmuro.

Ele vem atrás de mim, pega o prato da minha mão antes que eu possa enxaguar e põe na máquina. Encher a lava-louças é uma coisa que ele sabe fazer direito. Esvaziar, nem tanto.

"Você não está falando sério, né?", Ben pergunta.

"Claro que estou! Não posso transar agora. E se eu tiver uma... congestão?"

Ben cai na gargalhada. "Minha nossa, não é à toa que você e o Lance nunca transavam. Congestão?"

Dou um soco no ombro dele. "Continua falando assim que o adiamento vai ser por alguns dias."

"Tudo bem, tudo bem, escuta só." Ele põe as mãos nos meus ombros. "Acho que *talvez* seja normal você se sentir assim num primeiro encontro, ou na primeira vez que vai pra cama com o cara destinado a ser o futuro sr. Blanton. Mas sou só eu, Parks. Foi por isso que a gente fez esse acordo, não foi? Pra não ter que se preocupar com barriga cheia, congestão, gases..."

Levanto o dedo. "Nada de *gases* na cama. Entendido?"

Ele continua como se eu não tivesse falado nada. "Você não precisa se preocupar em ficar num ângulo que não forme barriga — e não adianta mentir, sei que as garotas fazem isso —, e *eu* não preciso esquentar a cabeça com o que você vai achar do tamanho do meu pau. Essa última parte é brincadeira, porque causo uma impressão e tanto..."

Dou risada e o empurro de leve. "Tá certo, você venceu. Promete que não vai reparar na minha barriga estufada e eu prometo não rir do pinto pequeno."

O sorriso dele se converte em uma seriedade fingida. "Retire isso."

Dou de ombros. "Tenho minhas teorias, e..."

Ben agarra minha cintura. Antes que eu perceba o que está acontecendo, vou sendo levada da cozinha para a escada.

"Pra onde a gente está indo?"

"O que acha?", ele rebate.

"Mas ainda não são oito horas."

"Está perto disso, Parks. Bem perto."

Bom...

Então tá.

12

BEN

"Você primeiro", digo.

Parker põe as mãos na cintura. "De jeito nenhum. *Você* primeiro."

Dou um sorriso, tirando a camiseta por cima da cabeça antes que ela termine de falar.

Eu a jogo no chão.

Os olhos de Parker se voltam para meu abdome descoberto.

"Você *sabia* que eu ia dizer isso", ela me acusa.

"Pois é. Agora é sua vez", insisto.

Ela não se move. Ficamos parados na frente um do outro.

"A porta está aberta", ela diz, toda puritana.

"Não tem mais ninguém aqui", respondo, com o que considero uma paciência admirável. "Só a gente."

"Mas..."

Estou preparado para isso, então tiro eu mesmo a blusa dela. Por sorte, é uma camisetinha listrada fácil de arrancar.

"Ben!", ela grita.

Jogo a blusa em cima da minha. Sucesso!

Só que não me sinto tão triunfante.

Porque, apesar do papo de barriga estufada e sei lá o que, do meu ponto de vista ela é absolutamente perfeita.

Pensei que estivesse preparado, mas ao ver sua cintura fina e seus peitos grandes fico com a boca seca, e meu cérebro não consegue funcionar direito.

Sem mencionar o pau duro.

Minha resposta ao corpo dela deve ter feito com que ganhasse mais confiança. Sua apreensão desaparece diante dos meus olhos, substituída por um sorrisinho malicioso.

"Sua vez", ela diz, toda meiga, voltando a colocar as mãos na cintura, mas dessa vez de um jeito lento e provocativo, enquanto inclina o quadril para o lado.

Meus movimentos não são tão naturais dessa vez.

Consigo abrir a calça jeans tranquilamente, mas, na pressa de tirar a roupa, esqueço que ainda estou de sapato, então preciso ir cambaleando até a cama para me livrar deles.

Parker ri da minha falta de jeito, e eu jogo a calça em cima dela.

Estou com tesão pra caralho, e com a impressão de que o sexo com Parker pode ser divertido como nunca.

Jogo as mãos para trás, usando apenas uma cueca boxer ao me apoiar na cama. O riso dela morre aos poucos.

Parker leva o polegar à boca e morde a unha.

Está nervosa.

E eu vou mudar isso.

Fico de pé e vou até ela bem devagar. Ficamos cara a cara. Ela está com um sutiã preto de renda bem decotado, mas faço força para olhar apenas para seu rosto.

"Me beija", peço.

"Hã?" Parker está olhando para minha cueca. Ou melhor, para o volume dentro dela.

"Me beija." Dessa vez é uma ordem.

Os olhos dela encontram os meus por apenas um momento, como se procurasse uma confirmação. Então parecem encontrar, porque baixam pra minha boca e ficam nebulosos.

Eu me aproximo, inclinando a cabeça de leve para que fique mais fácil me alcançar.

"Me beija." Agora é um sussurro.

Parker fica na ponta dos pés, levanta o queixo e devagar — bem devagarinho — encosta a boca na minha.

Então me beija.

Permito que assuma o controle. É o mínimo que posso fazer depois de praticamente devorar a garota na parede da cozinha ontem. É a vez dela de conduzir.

Parker segura meu rosto, e seus lábios separam os meus. Sua língua encontra a minha, a princípio com certa cautela. Solto um grunhido, degustando a sensação.

Os braços de Parker enlaçam meu pescoço, aprofundando o beijo e fazendo nossos corpos se encontrarem em um contato de pele contra pele.

Nesse momento, perco a cabeça. Meus braços a envolvem pela cintura e minhas mãos acariciam cada pedacinho de pele descoberta enquanto a beijo avidamente.

Levanto o queixo dela com o nariz enquanto beijo seu pescoço. Parker joga a cabeça para trás com um grunhido, fazendo seus cabelos lindos e macios chegarem quase até a bunda.

Entrelaço os dedos naquele ondulado escuro para que fique no lugar.

Ainda estou para ver uma mulher que não gosta de beijos no pescoço, mas Parker *adora*. Ela se esfrega toda em mim. Estou mais que duro, e ainda nem tirei o sutiã dela.

Por falar nisso...

Com relutância, meus dedos soltam seus cabelos e minha boca toma a dela enquanto subo as mãos por suas costas, até chegar bem perto do fecho.

Consigo abrir com facilidade, mas faço uma pausa antes de tirar a peça de renda, inclinando a cabeça levemente para trás para encarar Parker e garantir que estamos em sintonia.

Os olhos dela estão marejados e acesos.

Com certeza estamos em sintonia.

Com um sorriso malicioso, deslizo as alças pelos ombros dela, parando poucos milímetros antes que o sutiã caia, só para torturar nós dois, e então...

Parker Blanton está seminua na minha frente.

Meu sorriso se alarga quando olho para baixo. "Acho que essa pode ter sido a melhor ideia que você já teve, Parks."

"Mais ação, menos falatório." A voz dela sai rouca e áspera.

Levanto as mãos, mas me interrompo antes de tocar. "Pensei que você quisesse transar com seu melhor amigo *exatamente* pra poder conversar. Não foi isso que você falou?"

Ela solta um grunhido de frustração, arqueando as costas para levar seus peitos às minhas mãos, então percebo que está mais do que certa.

Estou falando de mais e aproveitando de menos.

Seus peitos são grandes, firmes e perfeitos. Bem sensíveis também, considerando os gemidinhos que ela solta.

Deixo minhas mãos explorarem à vontade e aprenderem seus contornos antes de recompensar nós dois com uma carícia nos mamilos. Ela reage apertando minha bunda e me puxando para junto de si com um gemido suave.

Eu a beijo de novo, só uma vez, com força, e em seguida a empurro na direção da cama, fazendo com que sente.

Meus olhos não desgrudam de seus peitos maravilhosos enquanto meus dedos abrem os botões da calça preta que está usando. Eu a puxo por suas pernas compridas e a jogo na pilha de roupas descartadas. Agora Parker está só com uma calcinha preta minúscula e eu de cueca.

Não consigo parar de olhar para ela, o que não a incomoda, aparentemente. Ela está ocupada fazendo suas próprias observações, e em seguida tapa a boca para sufocar uma risadinha.

"É muita loucura fazer isso?", Parker pergunta.

"Com certeza", respondo, apoiando um joelho na cama e uma mão em seu ombro para deitar seu corpo.

Se Parker gostou da minha boca em seu pescoço, curte ainda mais quando encontra seus peitos. Ela fica louca quando a provoco com beijos de leve nas laterais, quando passeio com a língua entre os dois, *ama* quando abocanho um mamilo e começo a chupar.

Estou tão perdido em sua perfeição que não percebo que suas mãos tentam entrar freneticamente na minha cueca.

"Tem alguém com pressa aqui", comento, recuando um pouco.

"Três meses, Ben", ela diz. "Faz quase *três meses*."

"Não precisa dizer mais nada."

Eu me livro da cueca em questão de segundos, mas tiro sua calcinha bem devagarinho, para aumentar a tensão, percorrendo com os olhos suas pernas compridas.

Então jogo de lado a última peça de roupa entre minha melhor amiga e eu.

E não me arrependo nem um pouco.

Ela pelo jeito também não, porque se apoia em um dos cotovelos e me puxa para um beijo mais do que acalorado.

Retribuo, e nossas línguas começam a se mover no mesmo ritmo enquanto minha mão vai baixando pelo seu corpo, passando pelo abdome lisinho ("barriga estufada" coisa nenhuma) até eu a sentir toda gostosa, molhada e quentinha na ponta dos dedos.

Parker morde meu polegar quando deslizo um dedo para dentro, o que destrói o pouco que me resta de autocontrole. Eu me levanto e corro para o criado-mudo como um homem morto de sede mergulharia em um lago. "Onde estão as camisinhas?"

Parker não responde. E não precisa, porque na gaveta não tem nada *além* de camisinhas.

"Puta merda, Parks. Acho que você acabou com o suprimento de látex do planeta."

Ela morde o lábio e olha para mim. "Passei no atacadão enquanto você estava na academia."

Só consigo balançar a cabeça enquanto pego uma entre oito milhões de embalagens. "Uma garota que compra camisinhas por atacado... A gente devia ter feito isso antes."

Me volto de novo para ela e, apesar da urgência de poucos instantes atrás, procuro observar seu rosto.

É então que acontece.

O ponto de virada.

E, apesar de nunca ter tido tanta vontade de alguma coisa na vida como de me enfiar no meio das pernas dela, não posso arruinar nossa amizade. Preciso saber...

Ela estende os braços. Meu pau pulsa em sua mão. Parker o acaricia com movimentos firmes e fluidos, lambendo os lábios.

"Então tá bom", murmuro enquanto solto um grunhido e abro a embalagem da camisinha com os dentes.

Ela se ajeita na cama quando me aproximo, abrindo as pernas para eu me acomodar entre elas. Está ofegante agora. Eu também, e parece loucura não ter fantasiado com esse momento desde que a conheci, porque nunca senti um desejo tão forte.

Posiciono as mãos uma de cada lado de seu corpo. As dela pousam sobre as minhas, e espero o maior tempo possível para saborear o momento.

Meto nela e, nossa, está prontinha. Respiro com força indo ainda mais fundo, sentindo suas unhas se cravarem em mim, me puxando para mais perto enquanto resmunga algo que pode ser um "vem".

Quando estou inteirinho dentro dela, faço uma pausa.

Saboreio o momento.

Eu não diria que apresso as coisas com outras garotas, mas, vamos encarar os fatos, uma vez dentro, a coisa vira uma corrida rumo à recompensa, certo? Sou do tipo pá-pum.

Mas com Parker é diferente. Por algum motivo é mais importante, então fico parado um instante, sentindo seu corpo, observando seu rosto, reparando em sua respiração.

Então escuto a voz dela de novo. "Vem."

Eu me inclino sobre ela, encontrando seus lábios com os meus enquanto tiro tudo, depois me afundo por completo nela. Nós dois gememos ao mesmo tempo.

Mantenho um ritmo lento e constante, o máximo que consigo, querendo agradar Parker, porque, como ela mesma disse... faz três meses.

Mas pelo jeito a seca a deixou empolgada e pronta para a ação, porque sua respiração se acelera num instante e seus quadris se remexem, me obrigando a acelerar o ritmo.

Sei que ela está chegando lá, então vou baixando a mão pelo seu corpo, e é o bastante; uma esfregadinha com o dedo e ela se arqueia toda, gritando e me apertando dentro dela ao mesmo tempo.

O som e a visão dela se desfazendo toda no orgasmo acabam comigo.

Só consigo dar mais duas estocadas antes de também chegar ao clímax, prendendo a pele macia de seu pescoço entre os dentes, de levinho, enquanto estremeço todo dentro dela.

Então desabo.

Ela me deixa deitar, tirando os braços das minhas costas e os deixando parados ao lado do corpo enquanto respiro pesadamente contra seu pescoço.

Não sei quanto tempo se passa assim. Segundos? Minutos?

Dias?

Parker vira a cabeça para colar a boca na minha orelha. "Então."

"Então", digo, antes de me levantar só o suficiente para observar seu rosto, rezando para não encontrar nenhum sinal de arrependimento.

"Isso foi..."

Ela se interrompe.

"Pois é", respondo. Porque eu entendo. Não dá pra explicar.

"Então... de novo?" Seu tom de voz é esperançoso. Abro um sorriso.

A gente devia *mesmo* ter feito isso muito tempo atrás.

13

PARKER

Vinte minutos depois, o fogo diminuiu pelo menos um pouco. Tempo suficiente para Ben e eu voltarmos a fazer o que sempre fizemos tão bem:

Brigar para usar o chuveiro.

"Ganhei a aposta do beijo com folga", digo, tentando beliscar o braço dele, caído sobre minha barriga. "Aquele beijo foi péssimo, *eu* tomo banho primeiro. Um mês inteiro. Era o trato. Agora me deixa levantar."

"Sem chance. O beijo de ontem não foi péssimo. Prensei você contra a parede da cozinha e rolou total."

"Esse foi o *segundo* beijo", argumento, torcendo para que ele note meu tom de voz professoral. "O trato era referente ao primeiro."

"Não teve segundo beijo, foi uma continuação do primeiro. Achei que a gente tivesse concordado com isso ontem à noite. Você até me deixou escolher o canal."

"Bom, agora tive tempo de repensar as coisas", digo, tímida. "E decidi que quem ganhou fui eu."

"Ah, *você* decidiu", ele responde, se apoiando no braço para me olhar. "Então é assim?"

Finjo pensar a respeito. "É. Bem isso mesmo."

Ele estreita os olhos. "Fiz você gozar. Duas vezes. Não pode ter dois orgasmos *e* ser a primeira a tomar banho."

Consigo levantar seu braço o suficiente para me desvencilhar. "É por causa dos orgasmos que preciso de um banho. Estou toda... grudenta."

Ele ergue uma sobrancelha, depois senta, sem nenhuma vergonha de sua nudez. "Ah, você quer entrar na parte logística da coisa. Vou mostrar pra você o que a gente tem que limpar primeiro."

Ele aponta para o chão, e eu olho para as camisinhas usadas.

Eca.

"Tô fora", dizemos ao mesmo tempo.

Saio correndo para o banheiro e dou um grito quando ouço seu "Nem fodendo!", seguido do som de seus pés no chão.

Estou quase fechando a porta quando ele a segura com a mão espalmada e entra comigo no banheiro.

"Seja cavalheiro, Olsen", digo aos risos.

"Seja uma dama, Blanton."

Estamos sorrindo um para o outro feito dois idiotas, e não entendo por que pensei que talvez não fosse dar certo. Claro, foi meio esquisito por, tipo, meio segundo, quando ele tirou minha blusa, mas depois foi... bom. Não, foi perfeito.

E, o melhor de tudo, foi divertido. Não é por isso que as pessoas fazem sexo?

Ele se aproxima de mim e dou um passo atrás, notando que não existe mais espaço entre mim e a banheira.

Quando percebe que não tenho para onde ir, ele para e se inclina um pouco na minha direção, então um pouco mais, e aí...

Ele enfia a mão atrás da cortina e abre a torneira.

"Espero que esteja esquentando a água para mim", digo quando ele endireita o corpo.

"Não." Ben puxa a cortina. "Estou esquentando pra gente."

"Quê? Ah... ah!", exclamo quando suas mãos encontram minha cintura, me conduzindo para a banheira. Ele entra comigo, fechando a cortina para que fiquemos só nós dois lá dentro, com nossa nudez e o vapor da água.

"Espertinho", digo com a voz meio aguda, enquanto suas mãos sobem pelas laterais do meu corpo.

"Ah, é?" Ele se inclina para a frente e morde de leve minha orelha. "Pensei que todo mundo sairia ganhando assim."

Sua boca desce para meu pescoço, e meus olhos se fecham. Sempre fui louca por isso, e Ben descobriu rapidinho.

Ele chega mais perto e meus olhos se arregalam.

"Como assim? Você já está pronto de novo?", pergunto.

Sinto seu sorriso se formar no meu pescoço. "Tenho vinte e quatro anos. Estou no auge da minha vida sexual."

Lance tem vinte e quatro anos também, mas é do tipo que pega no sono logo depois da primeira. Após duas rodadas de sexo a todo o vapor, não tenho como questionar que o corpo de Ben está pronto para a terceira.

E, para minha surpresa, o meu também. Dois minutos atrás, tinha certeza de que só queria um banho demorado e quente, depois um cigarrinho para comemorar o fim do celibato, mas com a boca dele fazendo isso perto da minha orelha...

Minhas mãos passeiam por seu tronco perfeito, e as pontas dos meus dedos demonstram um interesse especial pelas linhas de seu abdome. Então relembro a visão que tive. De passar a língua por toda aquela barriga deliciosa.

Empurro Ben pelos ombros, e ele recua. Me sinto estranhamente feliz ao ver seus olhos marejados de desejo só por beijar meu pescoço. Vamos ver como vai reagir a *isso*...

Me inclino para a frente, encostando os lábios de leve em seu ombro e dando uma mordida não tão de leve em sua carne firme.

Ele solta um sibilo, e sorrio enquanto meus lábios descem até encontrar o glorioso tanquinho.

Deixo meus lábios e minha língua encontrarem o caminho pela superfície rígida e musculosa de seu abdome. Seus dedos agarram meus cabelos molhados, e a água ainda quente cai sobre minhas costas enquanto exploro.

Meus lábios descem um pouco mais, e escuto a respiração dele se acelerar.

Pensamentos safados e pervertidos dominam minha mente. Abro um sorriso em sua barriga e ajoelho.

Olho para cima lambendo os lábios, e Ben solta um grunhido.

Pego seu pau com a boca, e ele solta um palavrão. Abro um sorriso vitorioso. Não costumo ser tão ousada, mas por algum motivo com Ben é diferente. Ele faz com que eu me sinta confiante, curiosa e sem-vergonha.

Muito sem-vergonha.

Cinco minutos depois, um Ben ofegante me põe de pé de novo, e abro um sorrisinho presunçoso.

Ele estreita os olhos. "Está se sentindo toda orgulhosa de si mesma, né?"

"É que nunca ouvi você dizer meu nome desse jeito antes. Mas a água está ficando fria, e..."

Ele me vira, invertendo as posições. "Você vai esquecer isso rapidinho."

"Não vou, não..."

Então ele fica de joelhos, e é sua vez de me olhar com uma expressão cheia de malícia. "Ben..."

Ele se inclina para a frente e sua língua me encontra. Minha nossa, Ben estava certo. Esqueço *totalmente* a água fria.

Vários minutos depois, ele fica de pé. Quando paro de ofegar, dou um tapa em seu ombro. "Quem está todo orgulhoso de si mesmo agora?"

Nós nos ensaboamos e enxaguamos às pressas na água gelada antes de começar a brigar por causa da toalha, como esperado.

"A toalha é minha, Ben. É por isso que elas têm cores diferentes."

"Sim, mas já usei essa de manhã", ele diz.

"Eu sabia! *Sabia* que você estava mentindo."

Ben se aproveita da minha indignação para tirar a toalha da minha mão. "Não pensa que só porque agora a gente transa eu vou começar a agir diferente."

"Tipo como um adulto?", murmuro enquanto procuro uma toalha extra embaixo da pia.

Ele para de se enxugar. "Como é que eu não sabia que tinha toalhas limpas aí embaixo?"

"Simples", respondo. "É o armário dos materiais de limpeza, o que significa que você tem aversão a ele."

"Hum." Ben me empurra para o lado e abre o armarinho do espelho para pegar o desodorante.

Faço o mesmo, então me dou conta de como essa situação é boa. Não rolou nenhum constrangimento, nenhum arrependimento, ninguém parecia desesperado para se livrar do outro.

"Quer ver um filme?", Ben pergunta, amarrando a toalha na cintura e abrindo a porta do banheiro.

"Claro. Eu escolho."

"Não. Seu gosto é péssimo."

Desfaço o nó que ele acabou de dar, e a toalha cai. Ben tropeça de leve.

"Ops", digo com uma voz meiga, passando por ele na direção do quarto.

"Só porque a gente está transando agora não quer dizer que você pode me ver pelado quando quiser..."

Solto minha toalha, proporcionando visão total da minha bunda enquanto me afasto.

"Tá, ver o outro pelado quando quiser é uma boa ideia!", Ben grita atrás de mim quando fecho a porta do quarto.

Ainda estou sorrindo enquanto visto o pijama, prendo o cabelo molhado em um coque e desço para a sala, onde Ben já está posicionado no sofá, com o controle remoto na mão.

Olho para a caixa de DVD aberta na mesinha de centro. "*A proposta?*", pergunto, toda animada. "Sério?"

Ele solta um suspiro de desânimo. "Pode considerar um agradecimento pelo que acaba de acontecer."

Abro um sorriso e me jogo do lado dele, contente a ponto de parecer ridícula. Não, mais que isso. Feliz. A gente deveria *mesmo* ter feito isso há muito tempo.

14

BEN

Parker está totalmente no clima de karaokê. Duas taças de espuman-te e *bum*. Ela está no palco.

Não é nem a vez dela, mas acho que essa é uma das vantagens de ser linda e ter uma amiga igual. Bastaram oito segundos e dois sorrisos bo-nitos de Lori e Parker (com uma ajuda do decote de Lori, acho) para con-vencer os caras que eram os próximos da fila a deixar que as duas pas-sassem na frente.

"Sua garota é boa nisso", Jason me diz, sentando ao meu lado com um copo de uísque.

Fico tenso por uma fração de segundo ao ouvir Jason se referir a Par-ker como minha garota, mas sei que ele já disse isso um milhão de vezes, quando ainda não tínhamos transado, e ele só quer dizer que ela é... bom, minha garota. Mas não *nesse* sentido.

Enfim.

Parker canta bem. Muito. Ela e Lori escolheram uma música antiga do Destiny's Child — o tipo de música que eu não saberia nomear ou di-zer de quem é nem se minha vida dependesse disso, mesmo conhecen-do a letra inteira.

O bar está adorando as duas.

É raro aparecer alguém num karaokê com uma voz e um visual ar-rasadores, mas é o caso de Parker.

A voz de Lori não é tão boa, e ela se limita ao acompanhamento, mas está longe de ser desafinada. Além disso, está mais do que compensando a falta de talento vocal com dança.

Ao terminar, elas são aplaudidas de pé, e voltam para a mesa aos risos. Parker pega minha bebida e dá um gole enorme. "Delícia!"

"A cerveja ou o palco?", pergunto.

"As duas coisas." Ela se recosta no assento com um sorriso. "Acho que a gente precisa de mais champanhe."

"Você *sempre* acha que a gente precisa de mais champanhe", Lori diz. "Mas dessa vez eu concordo."

Jason chama um garçom com cara de tédio e pedimos outra rodada enquanto Lori e Parker se preparam para a próxima música.

"Vamos colocar nosso nome na lista", diz Lori. "Apesar de que com certeza vão deixar a gente furar a fila depois da nossa apresentação."

"Tá. Só preciso de uma bebida primeiro", Parker avisa. "Uma dose de coragem."

"Hum-hum", Lori responde. Em seguida seus olhos azuis se voltam para mim. "Faz um dueto comigo, Olsen."

Paro de beber a cerveja e noto que Parker lança um olhar de surpresa antes de se virar para mim.

Faço que não com a cabeça. "Sem chance. Chama o Jason."

"De jeito nenhum", ele retruca. "Eu não canto."

"Pensei que o karaokê tivesse sido ideia sua", Parker comenta, inclinando a cabeça.

"Gosto de ver outras pessoas passar vergonha", ele diz, apontando para o palco, onde um grupo de mulheres embriagadas atropela a letra de "Girls Just Wanna Have Fun".

"Qual é?", Lori insiste, me dando um chute de leve por baixo da mesa. "Vai ser divertido."

Olho para Parker, que dá de ombros. "Vai lá. Sua voz é melhor que a da maioria das pessoas que está cantando."

O que Parker *não* diz é que em geral eu canto com ela. A gente ia ao karaokê quase todo fim de semana na época da faculdade, escolhendo desde baladas country até hits. É divertido. Ou pelo menos costumava ser.

Mas ela não parece nem um pouco incomodada com o fato de que minha primeira música da noite vai ser com Lori. E por que ficaria?

Parker me dá uma piscadinha. Encolho os ombros, olhando para Lori. "Certo. Beleza. Vamos nessa."

O sorriso de Lori é um pouco mais empolgado do que deveria, e o jeito como ela segura minha mão assim que fico de pé também é bem desnecessário, mas enfim...

Sua certeza de que vai conseguir furar a fila se revela bem fundamentada. Instantes depois, estou com um microfone na mão, cantando "You're the One I Want", de *Grease*, com Lori. A plateia parece gostar de nós quase tanto quanto delas duas.

Percebo uma boa quantidade de olhares interessados da parte feminina da plateia quando imito a dancinha do John Travolta.

Pisco para uma garota interessante em uma mesa mais ao fundo. Uma morena com um vestido vermelho matador. Mas então meu olhar se volta para nossa mesa.

Jason ainda está lá.

Parker não.

Por sorte, conheço de cor a letra dessa música irritante, graças a nossas idas ao karaokê na época de faculdade, então posso cantar no automático, sem precisar olhar para a tela, enquanto esquadrinho o recinto em busca de Parker.

Lá está ela, conversando com um cara.

E parece interessada.

Hum.

Lori pega minha mão para um passo de dança meio ridículo dos anos 50 que combina bem com a música. Então encerramos de maneira espetacular, sem falsa modéstia.

Está todo mundo gritando e aplaudindo.

Todo mundo menos Parker, que mal tira os olhos do loiro com quem conversa no bar.

Fico feliz por ela.

Talvez finalmente esteja pegando o jeito da coisa.

Porra, talvez ela só precisasse de sexo bom de verdade — não estou me gabando, só falando a verdade — para se soltar.

E o sexo com Parker foi muito mais que isso. Foi excelente na segunda, quando quebramos o gelo. E ainda melhor na terça. E na quarta, e na quinta. E hoje, quando transamos na cozinha poucos minutos antes de sair para encontrar Lori e Jason.

Não que o loiro de camisa branca vá me agradecer por isso. Ele não faz ideia de que sou o responsável pela recém-conquistada autoconfiança sexual de Parker.

Eu.

Estou tão preocupado tentando avaliar o que está rolando com Parker que nem percebo que Lori não soltou minha mão quando descemos do palco.

Só ao chegar à mesa consigo desvencilhar meus dedos dos dela, usando minha cerveja como pretexto.

"Cadê a Parker?", ela pergunta a Jason, que parece cada vez mais bêbado e ainda menos sutil nos olhares que lança para o decote de Lori.

Ele aponta com o queixo para o balcão. Lori vira a cabeça para localizar a amiga.

"Ah! Um gatinho. Ela parece bem feliz."

Lori estende a mão para mim. "Toca aqui. Acho que as lições finalmente estão surtindo efeito. Nossa garota está entrando no ritmo!"

Bato na mão dela, provavelmente com mais força do que o necessário, e tomo mais um gole de cerveja para não acabar dizendo que fui *eu* que fiz Parker entrar no ritmo. Várias vezes.

Sou salvo quando Parker volta correndo à nossa mesa e manda Lori abrir espaço. A garota se apressa a colar a perna contra a minha. Lanço um olhar para Parker, que nem nota.

Está ocupada demais exibindo um guardanapo com um número de telefone. "Olha só o que eu consegui!"

"É isso aí, garota!", Lori diz, levantando a mão para Parker também.

Pelo jeito Lori faz high five com todo mundo quando está bêbada.

"Né?" Parker balança os cabelos, abrindo um sorriso animado.

"Pelo jeito como ele estava vidrado em você, pensei que fossem acabar indo juntos para casa", Lori comenta.

"Ah, essa proposta foi feita", Parker revela, toda presunçosa, dando um gole no espumante.

"E você não aproveitou?", Lori pergunta. "Ele parecia bem gatinho daqui."

"Estou com vocês", responde Parker, franzindo o nariz. "Não podia ir embora do nada."

Sinto uma pontada de culpa, lembrando quantas vezes saí com Parker e fui embora *do nada* por causa de uma transa. Depois de garantir uma carona para ela, claro.

Parker vira a bebida e levanta de novo. "Preciso fazer xixi."

Lori faz menção de ir também, então um sujeito com um bronzeado nada natural surge na sua frente. "Você mandou muito bem lá em cima."

Ela abre um sorriso todo sexy. Solto um suspiro de alívio por ter aparecido alguém que a afaste da minha perna.

"Ah, é?", Lori diz, e volta a sentar para receber mais elogios.

"Ei, me deixa passar", digo, dando uma cotovelada no quase capotado Jason, já que é mais fácil sair do banco em volta da mesa circular do que pelo lado de Lori.

Ele bufa, mas me deixa passar. Quando fica de pé, seus pés oscilam.

"Acho melhor pegar mais leve no uísque, campeão", comento.

Jason me mostra o dedo e vai cambaleando na direção do bar. Faço uma prece silenciosa pela proteção da mulher que cruzar seu caminho, seja quem for. Definitivamente está na hora de repensar minha "amizade" com esse cara. Parker tem razão. Ele é bem babaca.

Mas, no momento, é a menor das minhas preocupações.

Pergunto a uma garçonete mal-humorada onde fica o banheiro, e então entro por um corredor mal iluminado.

Tem um casal se pegando lá, enquanto outro discute, mas nenhum sinal de Parker.

Encosto na parede em frente ao banheiro feminino e examino os arredores enquanto espero.

Quando ela aparece, logo em seguida, detém o passo, surpresa. "Ei."

Em resposta, eu a seguro pela mão e a puxo na direção de uma das saídas de emergência. A noite não está tão fria para a época do ano, então espero que não se incomode com o que vou fazer.

"Ben, o que você está...?"

Eu a empurro contra a parede externa do bar e dou um beijo nela. Bem caprichado.

A reação é imediata. Sua língua se enrola na minha e suas mãos deslizam pelas minhas costas, cravando as unhas na pele por baixo da camisa.

Mordo seu lábio, e ela solta um grunhidinho sexy. "Então é *isso* que você faz quando a gente sai e desaparece por um tempo...", ela comenta, dando um passo atrás e me lançando um olhar curioso.

"Gostou?", pergunto, mordendo seu pescoço.

"É uma coisa bem..." Parker respira fundo quando minhas mãos encontram seus peitos. "Pervertida."

Abro um sorriso, porque Parker nem começou a conhecer meu lado pervertido.

Ainda assim, não vou transar com ela encostado na parede de um beco pouco discreto, então me contento por mais alguns minutos de pegação antes de passar as mãos em seus braços cada vez mais gelados.

"Vamos lá pra dentro." Ela faz um biquinho, e eu passo o polegar em seu lábio. "A não ser que queira ficar aqui."

"Eu quero, mas..." Ela hesita, e eu fico paralisado, torcendo para que não diga que combinou de ir embora com o loiro.

Estou preparado para o pior quando ela me encara.

"Que tal um dueto?", Parker propõe.

Solto um suspiro de alívio. Não que fosse ficar ressentido se ela resolvesse aproveitar a chance de curtir com outro cara. Faz parte do acordo. Mas, considerando o quanto estou duro depois de uns beijos, não sei como meu ego suportaria a rejeição.

"Tá", respondo. "Só uma música."

"Só uma música e depois o quê?", ela pergunta, maliciosa.

Projeto os quadris para a frente para encostar nela. Seus olhos se arregalam, mas logo depois se fecham. "Pensando bem, o dueto pode ficar pra outra hora..."

Já estou me encaminhando para a porta da frente do bar. "Vou chamar um táxi. Diz pros dois que estamos indo. Acho que o Jason nem vai perceber, e a Lori já arrumou um admirador pra se distrair."

Cinco minutos depois, estamos a caminho de casa.

Fico sabendo que Parker nunca se pegou com ninguém no banco de trás de um táxi.

Então damos um jeito de corrigir isso.

113

15

PARKER

Na quinta-feira seguinte à nossa aventura no karaokê, descubro que vou precisar trabalhar até tarde. Muito tarde.

É um daqueles dias com reuniões uma depois da outra e quase nenhum tempo na minha mesa, o que significa que não respondi os e-mails "urgentes" nem escrevi meu relatório semanal para a reunião de amanhã com minha chefe.

Definitivamente, minha jornada vai se estender.

Consigo fazer um intervalo de cinco minutos entre uma reunião e outra, o que me dá tempo de fazer xixi, beber uma coca zero e avisar minha carona, que por acaso também é o cara com quem tre... hã, o cara com quem estou transando, que por acaso *também* é meu melhor amigo.

Balanço a cabeça enquanto pego o celular, mais uma vez impressionada com quantas coisas na minha vida estão relacionadas a Ben Olsen.

Principalmente nos últimos tempos.

Em teoria, sei que não deve parecer muito saudável passarmos tanto tempo juntos, especialmente agora que acrescentamos as *noites* — e as madrugadas.

Mas a questão é que parece, *sim*, bastante saudável.

Porque quem leva uma vida saudável está feliz o tempo todo, né?

E eu estou.

Feliz.

Será por causa dos orgasmos frequentes?

Escrevo uma mensagem:

Ei, tudo bem se eu trabalhar até tarde? Você pode ir de carona com Jason?

A resposta vem antes que eu consiga guardar o celular. Ele também deve estar entre uma reunião e outra.

Eu espero. Tenho umas coisas pra fazer também.

Legal. No carro às 7?

Blz.

Já estou a caminho da sala de reuniões quando o aparelho vibra de novo.

Quer jantar depois? Em algum lugar caro? Eu pago. Tenho boas notícias.

Levanto as sobrancelhas. *É um encontro, Olsen?*

A resposta é instantânea.

Opa. Espero que goste das flores que comprei. E deixei bilhetinhos românticos no seu para-brisa.

Sorrio antes de escrever: *É por isso que você não tem namorada.*

Por que eu ia querer uma namorada se trepo o tempo todo com a safada da minha melhor amiga?

"Que alegria toda é essa?" Levo um susto quando vejo Lori e Eryn caminhando na minha direção.

Lori diminui o passo e olha de maneira significativa para a outra.

Eryn, a sem-noção, tenta espiar meu telefone, mas apago a tela antes disso. A última coisa de que preciso é que o pessoal do escritório fique sabendo sobre mim e Ben.

Ou Lori.

"Ah, eu conheço esse olhar", Eryn diz com uma vozinha irritante. "Você estava trocando mensagens quentes com seu namorado."

"Na verdade, Lance me deu um pé na bunda", digo com um sorriso largo. "Obrigada por me fazer lembrar disso, aliás."

Ela tem a decência de parecer envergonhada com a gafe. Nem me dou ao trabalho de esclarecer que não penso em Lance há dias.

Eryn entra na sala de reuniões, mas Lori e eu não. É a reunião semanal da equipe, e nossa chefe sempre atrasa.

Dou um gole na coca zero. Lori chega mais perto. "Não me obriga a perguntar de novo."

Franzo a testa, confusa. "O quê?"

Ela revira os olhos. "Você ligou pra ele?"

Ele... Ele... Quem...?

Ah. *Ele.*

"Ainda não", respondo, fingindo estar fascinada pela lata de refrigerante.

Lori me perguntou todos os dias da semana se eu tinha ligado para o cara do karaokê. Estou ficando sem justificativas.

Não sei como dizer que só ligaria se ainda estivesse interessada em continuar com meu plano de sexo sem compromisso.

E não sei como dizer que a única razão pela qual fui falar com ele, para começo de conversa, foi porque ela e Ben estavam parecendo um casal no palco, e eu senti... bom, não exatamente *ciúme*.

Talvez tenha ficado um pouco incomodada, por não ser eu lá no palco com Ben.

Mesmo assim, o cara do bar — Brandon — me pareceu bem legal. Divertido, normal...

Mas não tenho a mínima intenção de ligar para ele.

Sou salva de ter que inventar outra desculpa pela chegada da nossa chefe. Ela vem em nossa direção com o celular colado ao queixo enquanto mexe na tela do iPad, que parece não largar nunca.

A reunião é demorada.

A seguinte também, assim como a que vem depois. Então fico presa em uma avaliação com um grupo de designers que não consegue se decidir por uma paleta de cores.

Quando volto para minha mesa, vejo que Lori deixou um bilhete avisando que foi embora e ordenando: LIGA HOJE.

Solto um suspiro.

Leio os e-mails às pressas. Nenhum é tão urgente quanto os remetentes dizem, mas o relatório toma mais tempo do que eu esperava, porque encontro erros em todas as páginas.

Quando chego ao estacionamento, encontro Ben encostado no meu Prius, com a bolsa estilo carteiro pendurada no ombro, totalmente concentrado no celular.

"Foi por isso que dei a chave extra pra você", digo, destrancando a porta ao me aproximar. "Pra não ter que esperar no frio."

Ele ergue os olhos e sorri. "Esqueci."

"Com 'esqueci' você quer dizer que perdeu?", pergunto.

"Está em algum lugar", ele responde, enquanto jogamos as bolsas no banco de trás e entramos no carro.

Tenho certeza de que perdeu.

Olho para ele antes de ligar o motor. "Foi por isso que me chamou pra jantar? Perdeu minha chave e sabe quanto custa fazer uma cópia? Está querendo me agradar?"

Ben estala a língua. "O mundo não gira em torno de você, Blanton."

"Então você sabe onde está a chave ou...?"

"Fui promovido", ele me interrompe.

Minha preocupação anterior desaparece.

Solto um gritinho. E outro.

Ele faz uma careta. "Pega leve, Parks."

Dou um soco no braço dele. "Não vou pegar leve coisa nenhuma! Você conseguiu! Ficou a semana inteira falando que achava que iam contratar alguém de fora!"

Uns meses atrás, o gerente de produto sênior da equipe de Ben foi transferido para Atlanta, e ele ouviu dizer que estava sendo considerado como substituto. Ben não acreditava nos boatos, porque, por razões que não consigo entender, ele se acha bem mais ou menos.

Mas eu sei que está errado. Ele é incrível.

Já o ouvi atendendo a ligações de trabalho. Já o vi trabalhar até tarde. O cara sabe o que faz. É muito, muito bom no trabalho. Estranhamente, parece ser o único a não saber.

Ligo o carro e balanço negativamente a cabeça. "Você não vai pagar jantar nenhum. *Eu* é que vou. E vamos beber champanhe."

"Ah, sim. *Minha* bebida preferida...", ele diz, irônico.

"Você vai ter que beber comigo hoje", insisto. "Promoções e champanhe têm tudo a ver, como... geleia e creme de amendoim."

"Filé com fritas", ele complementa, dando início à nossa velha brincadeira.

"Espinafre e morango."

Ben faz uma careta. "Estava pensando mais em margaritas e nachos."

"Cerveja e frango frito?"

"Melhor", ele diz, com um aceno de aprovação. "Sopa e pão."

"Leite com biscoito."

"Pau e camisinha", ele diz.

"Afe... Que tal..." Franzo os lábios, tentando pensar em uma coisa que ainda não tenha falado um milhão de vezes. "Ah, já sei. Velas e banho de espuma."

Ben fica escandalizado. "Nem sei o que isso significa. Troco suas velas e seu banho de espuma por Ênio e Beto."

"Humm..." Batuco com os dedos no volante enquanto penso.

Você e eu.

Tenho um sobressalto com meu próprio pensamento, o qual procuro afastar em seguida. Isso só serve para fazer com que entre ainda mais na minha cabeça. Duas coisas que combinam bem: eu e ele. Parker e Ben.

Franzo a testa.

Isso é novidade...

"Você venceu", me apresso em dizer. "Fim de jogo."

Ele fecha o punho direito e bate no esquerdo.

Balanço negativamente a cabeça. "Cumprimentou a si mesmo?"

Ben dá de ombros. "Eu sabia que você não ia querer me cumprimentar. Detesta perder."

Saio do estacionamento aliviada por ele não ter notado meus pensamentos traiçoeiros momentos antes.

"Portland City Grill?", sugiro.

Ben levanta as sobrancelhas. "Quer mesmo esbanjar, hein?"

"Estou orgulhosa. Você foi promovido, Ben. Isso merece uma comemoração digna."

Você merece uma comemoração digna, seu tonto.

Ben fica em silêncio, então olho para ele.

"Você está fazendo aquilo, né?"

"Aquilo o quê?"

"Acha que não merece. Está tentando entender por que foi escolhido."

Ben dá de ombros e olha pela janela. "Não fiz nada de especial. Qualquer pessoa da equipe poderia..."

"Para", interrompo. "Nada disso. Não começa. Precisa parar de pensar que, só porque não seguiu o caminho dos seus pais, não pode ser um sucesso nos seus próprios termos."

Ele apoia a cabeça no encosto. "Agora é você quem está fazendo aquilo. Tentando consertar a cabeça dos outros."

"Não faço isso."

Pelo menos não *sempre*.

"Só não precisava consertar a cabeça do Lance", Ben resmunga. "O cara sabia bem qual era a dele."

Ben está mais ranzinza que o normal, e fico com a estranha sensação de que podemos estar a caminho de uma briguinha. Somos salvos pelo celular vibrando.

"Pode atender pra mim?", pergunto, apontando com o queixo para o banco de trás.

Ele remexe na minha bolsa e olha para o aparelho. "É a Lori."

Solto um grunhido.

"Que foi, vocês duas brigaram ou algo assim?"

"Não é bem uma briga", murmuro enquanto pego a via expressa a caminho do restaurante. "Ela não para de me perturbar pra ligar praquele cara."

"Que cara?"

"Do karaokê."

"Ah", ele diz. "Aquele que fazia você rir jogando a cabeça pra trás."

"Como é?"

"É assim que eu sei se suas risadas são sinceras. Você joga a cabeça pra trás"

"Nunca notei", murmuro. "Mas acho que as risadas eram sinceras mesmo. Ele era divertido."

"Então por que não liga?", Ben pergunta, silenciando meu telefone e jogando no console entre os assentos.

"Eu..."

Não sei.

Essa é a verdade. Não sei por que não ligo para o cara.

"Acha que eu deveria?", pergunto.

Ben dá de ombros. "Isso não importa."

Contorço os lábios. Ele tem razão. A questão não é o que ele acha, porque não somos um casal. Somos só amigos. Amigos que transam maravilhosamente.

Desde o início estabelecemos que a exclusividade só seria mantida enquanto quiséssemos. Assim que um dos dois mudasse de ideia era só dizer e voltaríamos a dormir com outras pessoas.

Mas quando sugeri sexo não sabia que ia ser tão... constante.

Ou bom.

Mas existem, *sim*, alguns momentos em que ficamos separados. Ele vai à academia quase todo dia. E saiu para beber com John ontem mesmo. Talvez tenha dado uma rapidinha aqui e ali.

Quero saber. Estou louca para saber.

Mas não posso perguntar. Não é da minha conta.

"Acho que você deveria ligar pra ele", Ben diz.

"Pensei que isso não importasse", retruco, demonstrando uma leve irritação.

"Não mesmo, mas..." Ben vira pra mim. "Acho que, se você não começar a namorar de novo, nunca vai esquecer o Lance."

Lance? *Lance?* Ele acha que a questão é o Lance?

Que coisa mais...

Mas espera um pouco. A questão deveria mesmo ser Lance.

Minha hesitação sobre ligar ou não para um parceiro romântico em potencial *deveria* ter relação com o fato de meu ex, com quem eu pensava que ia casar, ter me dado um pé na bunda um mês atrás.

"Certo", respondo, hesitante. "Ligo pra ele no fim de semana."

"Boa menina", Ben diz, assentindo. E o assunto aparentemente está encerrado, porque ele parte pra outra. "Tem certeza de que quer pagar o jantar hoje à noite?"

"Absoluta", respondo, então viro para ele. "Espera aí, por que está me perguntando isso com esse tom presunçoso?"

O sorriso dele ilumina o carro às escuras. "Só estou pensando em quantas lagostas vou pedir."

16

BEN

Faz um tempão que Parker e eu não jantamos assim.

Quer dizer, a gente come junto o tempo todo.

Almoços sem dia definido quando estamos livres, tacos às quintas-feiras com os amigos lá em casa, waffles aos domingos, já que é a única coisa que sei fazer.

Mas hoje é diferente.

Toalha de linho na mesa, uma visão belíssima da cidade, velas e champanhe. Claro.

Por brevíssimos segundos, quando conversamos à mesa sobre quais entradas pedir, entro em pânico.

Porque é como um encontro.

E não só na aparência. Na *sensação* também.

Esqueço isso quase de imediato, porque encontros em geral envolvem mãos suadas, conversas forçadas e aquele estresse de não saber se vai ter algum outro programa depois.

Mas nada disso tem a ver com Parker.

É só um jantar com sua melhor amiga, meu cérebro me acalma. *Relaxa*.

E, na maior parte do tempo, minha mente fica calma, a não ser por uma coisinha irritante que não sai da minha cabeça:

Parker pretende ligar para o cara do karaokê.

Eu falei pra ela fazer isso. E *precisava* falar.

Fui sincero quando disse que ela precisava superar Lance. Apesar de Parker não estar deprê, eu a conheço. Sei que ela não pode estar recuperada como finge que está. Não depois de tomar um pé na bunda do nada daquele imbecil.

Mas me incomoda que esteja pensando em outros caras enquanto ainda estamos... mandando ver.

Quer dizer, não *me* incomoda.

Incomoda meu ego. Porque, do meu lado da cama, e do chuveiro, e do sofá, e do balcão da cozinha, as coisas estão sensacionais.

Tão sensacionais, na verdade, que nem *olhei* para nenhuma garota desde aquela primeira noite.

Opa.

Eu me recosto na cadeira ao me dar conta disso, ignorando o interrogatório a que Parker está submetendo a garçonete sobre o preparo do prato do dia, um peixe.

Faz duas semanas que só transo com uma garota.

E não uma garota qualquer: Parker.

Humm.

Eu sei, eu sei, duas semanas nem é tanto tempo assim. Mas pra mim é.

O último relacionamento que tive foi no segundo ano de faculdade e durou quatro meses infernais. Desde então estou feliz no time dos solteiros.

É claro que transei com algumas garotas mais de uma vez, mas em geral vivo num esquema "uma noite e nada mais".

Passo a mão no rosto e olho para Parks do outro lado da mesa.

Ela está usando um vestido grosso azul-marinho que não deveria parecer sexy, já que tem gola alta e não revela quase nada — muito menos com as botas que vão até os joelhos —, mas o caimento é perfeito.

Com os cabelos escuros soltos, caindo nos ombros. Ela está bem... bonita. E essas velas idiotas acesas...

Mal espero a garçonete terminar o que está dizendo para perguntar: "Que uísque você tem aí?".

Parker me lança um olhar intrigado, porque só bebo cerveja e vinho quando estou com ela. "Vou deixar a champanhe toda pra você."

Só que não é essa a verdadeira razão para eu querer uísque. Preciso de algo mais forte que espumante para me ajudar a lidar com o fato de que estou no meio de uma enrascada sexual.

Só que a sensação não é de enrascada, de forma nenhuma.

A garçonete se afasta e Parker se inclina para a frente. "Tudo bem? Parece que você está prestes a vomitar."

Eu me inclino para a frente também, decidindo ser sincero com ela, porque Parker é minha melhor amiga e merece isso.

"Quando você inventou essa ideia de sermos amigos que transam, quanto tempo pensou que ia durar?", pergunto.

Ela pisca algumas vezes. "Humm, sei lá. Na verdade não fiz um cronograma."

Respiro bem fundo. "Percebeu que já faz quase duas semanas? Estamos transando há *duas semanas*."

"Ah, é? E daí?", ela pergunta, franzindo o nariz.

"Eu nunca..." Começo a esfregar a nuca. É melhor falar de uma vez. "Não fiquei com mais ninguém desde aquela primeira noite."

Parker fica em silêncio por vários segundos, então cai na risada. "Ai, meu Deus. Você precisava ver a cara que fez agora."

Abro um sorriso ressentido. "Não tem graça."

Mas sei que tem. Um pouco.

"Desculpa." Ela tenta ficar séria, mas não consegue e dá uma risadinha dentro da taça. "Pensei que a gente já tivesse resolvido isso. Se um de nós quiser dormir com outra pessoa, é só falar e..."

"Pois é", eu me apresso em dizer. "Tipo você e o cara do bar..."

"Brandon", ela diz.

Cerro os punhos sob a mesa.

"Então você vai ligar pra esse Brandon, e não vai ser esquisito se eu sair com outra garota?"

"De jeito nenhum."

"Tá."

"Tá", ela repete.

"Tá."

A garçonete volta com a carta de bebidas. Meus olhos continuam cravados em Parker. A mulher é esperta o bastante para saber que está interrompendo alguma coisa e se manda sem dizer nada.

"Ai, Deus", Parker diz, com um toque de pânico na voz. "A coisa está ficando esquisita, né?"

Não. Sem chance que vou deixar isso acontecer.

"O que a gente vai fazer é o seguinte", digo, abrindo a carta. "Amanhã é sexta. Você vai ligar pra esse Brandon. E eu vou voltar à caça."

"Não fala assim. É esquisito."

Ignoro e sigo em frente. "Você vai transar com o cara. E eu vou encontrar uma gostosa."

Fecho a carta de bebidas depois de ver que eles têm minha marca favorita de uísque e volto a olhar para Parker. "Que tal?"

"Tá", ela diz, com um sorrisinho. "A gente não quer se meter em confusão."

"Exatamente", respondo, sorrindo. "E não quero arruinar o sexo pra você pra sempre. Já que nunca vai conseguir encontrar alguém à altura e tal."

Ela aponta para mim com a taça. "Não sei de onde você tirou que essa presunção toda é atraente..."

Eu me inclino para ela. "Não é?"

Minha voz sai mais áspera do que eu gostaria, e os olhos de Parker ficam meio opacos.

Ela lambe os lábios. "Esse lance de transar com outras pessoas... começa amanhã?"

"Isso", respondo, olhando para a boca dela.

"E isso significa o fim pra gente. Dessa coisa de ir pra cama juntos, digo."

Ignoro a pontada de decepção que me atinge ao ouvir essas palavras. É a coisa certa a fazer. Terminar logo antes que tudo fique... enrolado.

"E isso significa que hoje à noite", ela continua, "você e eu... podemos ter uma última vez?"

Ela se interrompe e levanta as sobrancelhas em uma expressão questionadora.

Sorrio. "Com certeza."

17

PARKER

A ideia de Ben é muito, muito boa na teoria.

Quer dizer, essa coisa de "vamos começar a dormir com outras pessoas antes que as coisas fiquem intensas demais".

Fiquei aliviada por ele ter falado isso, de verdade.

Porque Ben tem razão.

Apesar de não estarmos, tipo, apaixonados, duas semanas de monogamia *não* estavam no acordo.

Era para ser sexo sem compromisso enquanto os dois estivessem a fim.

Só que não sabíamos que íamos estar a fim *o tempo todo*.

Então, como eu ia dizendo, arrumarmos outros parceiros é um bom plano. Ótimo.

Na teoria.

Na prática...

Argh.

O *motivo* de eu ter sugerido para Ben que começássemos a transar foi minha dificuldade de pensar em fazer sexo com um desconhecido.

Como minha mãe falou, eu claramente preciso estabelecer algum tipo de vínculo com a pessoa antes de ir pra cama.

É por isso que por mais legal e bonitão que Brandon Mallory seja... Não posso ir pra casa dele. Simplesmente não dá.

Brandon não força a barra, isso eu tenho que reconhecer.

Depois de um jantar gostoso num restaurantezinho italiano bem informal que ele sugeriu, o cara não demonstra o menor descontentamento quando aviso que vou chamar um táxi.

"Posso ligar pra você?", ele pergunta no momento constrangedor em que fico parada na frente do táxi com a porta aberta.

"Claro, seria ótimo", respondo, sincera.

Não sei se Brandon é o amor da minha vida ou coisa do tipo, mas o jantar foi legal. Pode até não ter rolado uma tensão sexual ainda, mas um segundo encontro não faria mal.

"Que bom", ele diz com um sorriso largo bem legal.

Então ele põe as mãos no meu rosto e me beija. Também é legal.

Só quando estou no táxi a caminho de casa percebo que estou associando Brandon naturalmente à palavra "legal".

"Legal" não é ruim.

Mas também não é...

O que estou procurando.

Quero mais.

Só não sei o quê.

Pago o taxista, tiro a chave da bolsa e me encaminho para a porta da frente.

Todas as minhas esperanças de uma noite tranquila com um bom livro e uma taça de vinho tinto desaparecem assim que entro.

A música está alta, para superar o som da TV (também alta). Ouço vozes de um monte de gente bêbada.

Solto um suspiro quando ponho a bolsa sobre o aparador. Pelo jeito os planos de Ben para uma noitada acabaram sendo levados para dentro de casa.

E dá pra entender por quê, já que ele achava que teria a casa só pra si.

Sem dúvida nenhuma transmiti a impressão de que ia dormir com Brandon.

Talvez se eu subir de mansinho ele não descubra...

"Parks!"

Droga. Fui descoberta.

E por John. Não o vejo desde a noite em que levei o pé na bunda de Lance. Os detalhes do encontro estão bem confusos na minha mente, para dizer o mínimo.

"Oi!", digo, colocando um sorriso no rosto. Sempre gostei de John. É bem melhor que o babaca do Jason.

Ele me dá um abraço, e agradeço mentalmente por não vir com uma mão boba, animado com meu vestidinho preto bem, hã, justo.

"Ben falou que você não ia dormir em casa hoje", ele comenta.

Pois é. John diz isso em tom de desculpas, provavelmente pela rave que se desenrola.

"Mudei de planos", digo com um sorriso. "Mas pelo jeito vocês estão se divertindo."

"Com certeza", ele diz. "Toma uma com a gente."

Fico hesitante, porque quero ir direto para o quarto.

Mas John com certeza vai contar pra Ben que cheguei, que vai querer saber o que está acontecendo, ou, pior, vai achar que o estou evitando.

Respiro bem fundo. "Claro!"

Faço uma vodca-tônica fraquinha pra mim no bar improvisado no balcão da cozinha e me aventuro na sala.

É exatamente como eu imaginava.

Um monte de gente bêbada espalhada pela sala, vendo tv, conversando e acompanhando a música sem saber a letra.

Reconheço alguns amigos do Ben, caras legais. Fazem um pouco de barulho quando vêm ver os jogos aqui, mas são educados. E usam porta-copos sem eu precisar pedir.

Mas os porta-copos *claramente* foram dispensados hoje à noite. Tem copos vermelhos espalhados por todas as superfícies, e sinto uma pontada de raiva porque parece que estou em uma... república.

Um cara musculoso no canto é o primeiro a reparar na minha presença. Roy? Ray? Esqueci o nome.

"Ei, é a coleguinha!", ele diz, alto demais.

Oito cabeças viram para me ver. Fico parada na porta, toda sem graça.

É assim que os amigos de Ben me chamam. Provavelmente porque não se lembram do meu nome, mas não levo a mal, porque acontece comigo também.

Levanto a mão em um aceno sem jeito, e digo a mim mesma que não vou procurar Ben, mas é claro que acabo fazendo justamente isso.

É difícil não reparar na loira peituda sentada no colo dele.

Ben arregala os olhos. "Parks."

Abro um sorriso amarelo.

"O que aconteceu com..." Ele começa a levantar, sem saber como tirar a loira de cima. Levanto a mão em um gesto apressado para que não se dê ao trabalho.

Fico pensando no que fazer a seguir, me perguntando se ainda posso subir sem criar um climão.

Os caras voltam para a tv depois de me cumprimentar, mas a maioria das garotas fica me encarando curiosa.

Estou acostumada com isso.

Não por achar que atraio olhares, mas porque é uma sexta à noite regada a bebedeira. Sexo está na mente de todos, o que significa que tentam descobrir quem vai ficar com quem. E ninguém gosta de concorrência.

John aparece atrás de mim com o copo cheio e põe a mão nas minhas costas. "O que está fazendo aí parada? Vem sentar. Joe, levanta a bunda daí, cara. Abre espaço pra Parker."

Não me resta alternativa a não ser ir em frente, e permito que John me coloque ao lado de uma garota com olhar perdido, batom cor-de-rosa e cabelos loiros. Ele se acomoda do outro lado. Senta perto de mim, mas não muito, e fico com a sensação de que está me protegendo de Joe, que, juro por Deus, parece estar olhando para o meio das minhas pernas.

Eu me remexo no sofá, sem saber por que estou tão sem graça. Não é a primeira vez que Ben recebe gente que não conheço muito bem.

Nem a primeira vez que o vejo com uma garota.

Isso nunca me incomodou.

E não incomoda agora.

Então por que parece que estou prestes a vomitar?

Dou um gole na bebida, deixando meus olhos irem para a esquerda, onde Ben e a loira estão, sentados na curva do sofá em L.

Me sinto invadida pelo pensamento irracional de que é o *meu* sofá. E o *meu* Ben.

Sai dessa.

Mas não posso deixar de reparar que a mão dele está no quadril dela. A loira se reclina para murmurar algo em seu ouvido.

Ele dá risada, e queria saber se é um riso sincero.

Pelo jeito, ele sabe quando é comigo, mas eu não sei no caso dele.

Nunca reparei nisso, porque quando estamos rindo juntos *sei* que é de verdade e quando ele está rindo com outras pessoas...

Bom, nunca dei bola para isso.

Até agora. Quero muito saber se essa risada foi sincera. Assim como o sorriso.

Mas *por que* me preocupo com isso?

Fizemos um acordo. Eu ia transar. Ele ia transar. Não um com o outro.

Era a melhor maneira de mudar o rumo das coisas antes que ficassem perigosas.

A mão de Ben desliza alguns centímetros pela cintura da loira, e meu estômago se revira de novo. Então me dou conta de uma coisa terrível:

E se for tarde demais?

E se as coisas já estiverem perigosas?

Não que eu queira Ben só para mim.

Não quero nada com ele, sério mesmo. Ainda é... Ben. Meu melhor amigo.

Não seria um bom namorado pra *ninguém*, muito menos para mim. Mas ver as mãos dele em cima de outra garota...

Meu estômago dá um nó. Deixo o copo na mão de um John perplexo quando me levanto.

"Vou pro quarto", aviso.

"Está tudo bem?", ele pergunta.

"Só estou cansada. A semana foi longa."

Não olho para Ben quando passo toda sem jeito, por cima das pernas de John e depois de Joe, o tarado. Ele encosta a mão na minha coxa "sem querer", então dou um tapa na mão dele. Não ligo de ser a puritana em uma noite de sexta-feira que estava bem liberal.

Qual é o problema?

Tiro os sapatos antes do primeiro degrau e subo com eles nas mãos, deixando aquele cenário para trás o mais rápido possível. Quero apagar a visão da minha cabeça o quanto antes.

Na segurança do quarto, fecho a porta e me encosto na superfície de madeira. Por um instante, penso em ligar pra Brandon e perguntar se está a fim de vir.

Vamos ver o que *Ben* acha de me ver com outro...

Fecho os olhos com força.

Mesmo que fosse uma boa ideia — e não é —, não daria certo.

Pra Ben não faz diferença quem passa a mão em mim. Não interessa com quem eu durmo.

Foi *ele* quem me falou para ligar pra Brandon. Quem reclamou que só tinha dormido comigo nas duas últimas semanas.

Duas semanas. Como se fosse *muuuito* tempo.

Tiro o vestido, jogo no banco ao pé da cama e entro debaixo das cobertas, sem me preocupar em trocar a lingerie sexy, tirar a maquiagem, ou fazer qualquer outra coisa.

Amanhã vai ser melhor, penso comigo mesma.

Amanhã vou voltar ao normal e nem ligar se Ben levar a loira para o quarto e fazer com ela as coisas que faz comigo...

Solto um grito por entre os dentes cerrados e levo as mãos aos olhos, tentando arrancar as imagens dolorosas da mente.

Ben e eu em uma relação de desapego?

Pois é. O apego decidiu dar as caras.

E estou totalmente à mercê dele.

18

BEN

Tem alguma coisa errada.

Não alguma coisa, *tudo*.

Sendo bem sincero, não estou muito à vontade aqui.

O que não faz o menor sentido. A garota sentada no meu colo é muito gostosa, e mesmo se não fosse ainda tem as outras quatro espalhadas pela sala. Ela nem é das mais irritantes, ainda que não consiga me lembrar de nada que conversamos nem que minha vida dependa disso.

A cerveja está rolando solta, a música está boa...

E eu não consigo curtir. Nem um pouco.

Mas estou menos preocupado comigo e com o fato de ter começado do nada a me sentir indiferente a uma coisa que me fazia tão bem e mais preocupado com Parker.

Sinto olhos me observando e, quando me viro, John está me encarando de um jeito estranho. Ele mostra o drinque que Parker deixou em sua mão e levanta as sobrancelhas em uma expressão interrogativa.

Balanço negativamente a cabeça. Sei lá, cara.

Então o olhar dele se volta para Cora — a garota no meu colo —, e suas sobrancelhas se levantam de novo. Percebo tarde demais que ela está beijando meu pescoço...

Porra, eu nem tinha percebido.

Não é um bom sinal.

Não existe uma forma fácil de fazer isso, então cerro os dentes e ponho as mãos na cintura de Cora, puxando a garota para a direita enquanto escorrego para a esquerda no assento.

Ela me lança um olhar de surpresa, mas só consigo abrir um sorrisinho de desculpas. O aviso de que volto logo está na ponta da língua, mas...

Não sei se vou voltar.

Não sei o que estou fazendo, só sei que preciso ver Parker. Descobrir por que está em casa e não com Brendon, Brandon, ou sei lá o quê.

Paro ao lado de Jason antes de subir a escada. "Dá um jeito de se livrar do pessoal, mas com educação. Manda a bebida junto, pra amenizar o impacto."

"Pode deixar", ele diz, levantando.

Fico meio mal por colocar, tipo, dez pessoas pra fora de casa em uma noite de sexta. Ainda é cedo, mas porra... está quase todo mundo bêbado mesmo. Eles podem ir para a casa de Joe, que fica a três minutos daqui.

Subo os degraus dois de cada vez, e não fico surpreso ao constatar que a porta de Parker está fechada.

Só que também está *trancada*.

Nem sabia que a porta tinha chave.

Sinto um aperto no peito.

"Parks?"

Bato de leve na porta.

Nada.

Bato mais forte, dessa vez com a mão aberta, dizendo a mim mesmo que talvez ela não tenha ouvido por causa da música alta.

Nada.

Bom... então tá.

Aprendi algumas coisas como irmão caçula. Sei muito bem como lidar com uma porta trancada.

Vou até meu quarto, arranco uma camisa do cabide, entorto o arame e volto para a porta dela.

Quando chego lá, a porta está destrancada.

Parker está de pé dentro do quarto, só de lingerie — e que lingerie! —, olhando para o cabide na minha mão.

"Sério mesmo?", ela pergunta, cravando os olhos nos meus.

Mas só consigo pensar "graças a Deus".

Não sei pelo que agradeço. Se pelo fato de não estar chorando, de ser tão linda ou por ter aberto a porta pra mim.

Não quero que nunca feche a porta para mim.

"Você me trancou pra fora", argumento.

"Não tranquei *você* pra fora", ela responde, mas seus olhos evitam os meus, e não sei se devo acreditar. "Joe estava me encarando de um jeito esquisito."

"E por isso você vestiu sua lingerie mais cheia de frufrus e rendinhas?", pergunto, incapaz de desviar os olhos de seu corpo perfeito.

"Não. Nem por sua causa", ela logo acrescenta. "Pensei que..."

"Brandon", digo, cruzando os braços.

Parker morde o lábio, então olha para a escada por cima do meu ombro. "O que está fazendo aqui? Precisa de alguma coisa?"

Fico meio chateado com o que parece ser uma dispensa. "Achei que estivesse chateada. Vim ver o que aconteceu."

"Então ia arrombar minha porta", ela retruca, apontando com o queixo para o cabide na minha mão.

Seu tom de voz permanece inalterado, mas suas palavras são alfinetadas bem claras. Penso em deixar Parker sozinha com seu mau humor e voltar lá para baixo, onde de fato tem uma garota bonita que vai ficar feliz em me ver.

Ela começa a fechar a porta de novo, mas levanto um dedo. "Parker Blanton, não fecha essa porta na minha cara."

"Mas..."

Volto correndo pro quarto, remexo na cômoda até encontrar uma camiseta, dou uma cheirada rápida para verificar se está limpa e volto correndo. Ela está me esperando.

"O que você..."

Suas palavras são abafadas quando, sem cerimônia, enfio a camiseta por sua cabeça, sem me preocupar com as mangas, e puxo para baixo, até cobrir suas coxas.

Ela pisca algumas vezes, confusa. Eu a empurro para dentro do quarto e fecho a porta atrás de nós.

"Não consigo pensar com você quase pelada", digo.

Ela enfia os braços nas mangas devagar. "Você já fez essa coisa de enfiar uma camiseta pela minha cabeça antes", Parker comenta. "Na noite em que Lance me deu um pé na bunda e eu arranquei a roupa. Acabei de lembrar."

"Pois é, e pela mesma razão. Não me parece certo ficar admirando uma lingerie que não foi colocada pra mim."

Só que, na época, o fato de Parker ter colocado calcinha e sutiã de renda para Lance não fazia a menor diferença.

Agora, saber que ela se arrumou toda para um cara que nem conhece... Isso me incomoda.

Apesar de ter sugerido que ela fizesse isso.

Passo a mão no rosto.

"O que aconteceu?", pergunto. "Com o tal do Brandon? Ele falou alguma coisa ou..."

"Não", ela responde, erguendo uma das mãos. Soou tão exausta que meu peito se comprimiu ainda mais. "Ele foi ótimo. Talvez a gente até saia de novo. Mas hoje eu não estava a fim." Ela olha para o chão e cruza os pés. "Desculpa." Seu tom de voz fica mais suave. "Sei que era parte do acordo. Eu ia transar com ele, e você..."

Parker aponta para a porta, provavelmente indicando a presença de Cora no andar de baixo.

Em seguida levanta os olhos.

"Ei, a música parou."

Confirmo com a cabeça. "Pedi pro Jason mandar o pessoal embora."

Ela me encara. "Por quê?"

A saída mais fácil seria dizer que achava que ela estava chateada por algum motivo, então deveria esvaziar a casa para lhe dar um pouco de sossego. E é verdade. Mas não toda a verdade.

Então revelo tudo. "Acho que eu não estava muito a fim de cumprir minha parte do acordo também."

Ela olha bem para mim. "Não foi o que me pareceu."

"Você ficou lá embaixo por uns trinta segundos", retruco.

Se tivesse ficado mais, teria percebido que eu não estava nem um pouco interessado naquela garota.

Ela lambe os lábios, apreensiva. "Então você vai, tipo, sair de novo? Procurar outra garota?"

Eu me aproximo um pouco e fico aliviado quando Parker não recua. O breve estranhamento parece ter passado, e sinto que voltamos ao normal. Ou, pelo menos, ao nosso novo normal. O normal que envolve nós dois pelados.

"Não vou procurar outra garota", respondo baixinho, erguendo seu rosto com a mão. "Pelo menos não hoje."

Minha outra mão enlaça sua nuca, e Parker segura meu pulso quando me encara.

"E seu medo bizarro de que seu pau caia se só transar com uma pessoa por mais de duas semanas?", ela pergunta baixinho.

Sorrio. "Bom, pelo menos vou estar com minha melhor amiga quando isso acontecer."

Abaixo a cabeça para um beijo, mas ela recua, com um olhar preocupado. "A gente não vai deixar as coisas ficarem esquisitas, certo? Ainda dá pra voltar tudo ao normal quando acabar, né?"

Faço uma pausa antes de responder. "Não vou fazer nada que possa pôr em risco a nossa amizade. Se quiser usar a palavra de segurança..."

Parker abre a boca e, por um momento aterrorizante, fico com medo de que seja o que vai fazer. Juro que não sei como me sentiria se fosse o caso.

Mas ela só sorri. "Não."

Parker fica na ponta dos pés, e eu me abaixo para o beijo. Assim que nossos lábios se tocam, percebo que *essa* é a razão por que Cora não me interessou.

A única pessoa que quero beijar está bem na minha frente.

19

PARKER

Algum dia, o sexo com Ben vai ser uma coisa corriqueira.

Tenho certeza disso.

Vamos conhecer tão bem o corpo um do outro que não vai restar nada mais a ser descoberto, e poderemos olhar para o acordo como um experimento, e tudo vai voltar a como era antes.

Mas esse dia não é hoje.

O beijo é um pouco hesitante a princípio. Testamos um ao outro para ver se está tudo bem mesmo, se temos certeza de que queremos jogar pela janela uma noite de sexo minuciosamente planejado.

Então sua língua toca a minha, e logo fica claro que está, sim, tudo bem.

Muito mais do que bem.

A mão de Ben escorrega para debaixo da camiseta horrorosa que ele me fez vestir — aposto que está arrependido dessa decisão —, e sinto seu calor quando me puxa para mais perto.

Reproduzo o movimento dele, enfiando as mãos por baixo de sua camisa até encontrar suas costas, sentindo seu calor e o puxando para junto de mim.

E é perfeito.

Por mais que o beijo se estenda, não é o suficiente, longe disso. Quando ele começa a remexer com impaciência na bainha da minha camiseta levanto os braços e permito que a tire com muito mais facilidade do que quando colocou.

Ele solta um grunhido agradecido ao ver meu sutiã, que realmente é bonito. Em algum lugar no fundo da minha mente, me pergunto se o vesti mesmo para Brandon ou se desejei o tempo todo que fosse

Ben quem fizesse valer a grana investida na peça azul-marinho com lacinhos cor-de-rosa.

A boca de Ben baixa para meu pescoço, e acho que o ouvi dizer meu nome, mas estou ocupada demais sentindo seus lábios e o delicioso arrepio que produzem.

Preciso dele sem roupa.

Quase arranco os botões de sua camisa com meus dedos desajeitados, mas ele não parece se incomodar. Quando termino, descubro uma camiseta idiota por baixo, que arranco com um pequeno grunhido de frustração.

Ben abre um sorriso rápido e me beija antes de arrancar a última camada de tecido entre mim e seu peito nu.

Satisfeita, ponho as mãos em seus ombros e me inclino para a frente, beijando-o de leve por um brevíssimo momento antes de minha boca e meus dedos enlouquecerem, tocando cada pedaço de seu corpo quente que sou capaz de encontrar.

Ele ri da minha urgência quando minhas mãos descem para sua calça jeans. "Nossa, Parks."

Em resposta, lanço um olhar que espero que seja lido como "tira logo a roupa toda" antes de ir para a cama, dando uma requebrada a mais.

Uma rápida olhada por cima do ombro confirma que ele está de olho em mim. A expressão faminta em seu rosto me encoraja a ser ousada.

Vou me movendo lentamente para o meio da cama, de quatro, e dou mais uma espiadinha por cima do ombro.

Ben não precisa de mais incentivos. Tira a roupa em questão de segundos e vem atrás de mim, passando lentamente a mão pelos meus quadris e colocando o polegar debaixo do elástico da minha calcinha bem devagar.

"Nossa", ele murmura.

Sua mão passeia pelas minhas costas, depois vem para a frente, e então ele abre sem pressa meu sutiã, deixando as alças escorregarem pelos ombros.

Ben põe a mão em meus seios antes mesmo que deixe o sutiã de lado. Solto um gemido de satisfação, porque seu toque é perfeito. Ele sabe que prefiro ser provocada de leve em vez de pega com força. Sabe exatamente quando fazer movimentos circulares, quando me apertar e quando beliscar de leve.

"*Ben*." Minha voz sai em tom de súplica.

Ele responde passando a mão pela minha barriga e deslizando sem hesitação dentro da minha calcinha para enfiar um dedo em mim. Sua respiração está acelerada como a minha quando ele acrescenta outro dedo, fazendo minhas costas se arquearem em uma tentativa desesperada de mais proximidade.

Ben continua mexendo os dedos por vários minutos torturantes até nós dois não aguentarmos mais. Ele pega uma camisinha na gaveta do criado-mudo em tempo recorde, e nem ao menos tira minha calcinha — simplesmente a puxa de lado e se posiciona.

Estou mais que pronta para ele, que entra em mim com uma única estocada suave.

Uma de suas mãos segura meus cabelos, puxando minha cabeça para trás com força suficiente apenas para me fazer respirar fundo, enquanto a outra agarra meu quadril e me mantém na posição enquanto entra e sai sem parar.

Meus dedos deslizam pela minha barriga, e o tesão é grande demais para eu ter vergonha de me tocar.

"Isso, Parker. *Isso*."

Então ele solta um grito agudo, e eu chego lá ao mesmo tempo, me apoiando nos cotovelos ao sentir os tremores me dominarem e me sacudirem inteira.

Sinto suas mãos nas minhas costas, seus dedos sobre minhas costelas, sua respiração pesada e quente contra minha pele úmida.

Instantes depois, ele desaparece (eu o treinei para ir jogar a camisinha no lixo do banheiro), e em sua ausência de alguma forma consigo me arrastar na cama e apoiar a cabeça no travesseiro, apesar de não ter energias para puxar as cobertas.

Ele reaparece e me surpreende se deitando ao meu lado.

Não que a gente não tenha dormido junto nenhuma vez nas últimas semanas, mas geralmente é uma situação de quase desmaio depois do sexo. Agora parece... diferente.

Uma coisa deliberada.

Ele cobre meu corpo e se encosta em mim. Fico com a estranha sensação de que Ben quer dormir de conchinha...

E gosto disso.

"Boa noite, Parks", ele diz, com a voz sonolenta.

Sorrio, sentindo pela primeira vez no dia como se tudo estivesse bem no mundo.

Mas, quando estou prestes a pegar no sono, surge uma preocupação em minha mente.

Escapamos de uma boa hoje.

Mas ainda vamos ter que encarar o fato de que um dos dois *em algum momento* vai dormir com outra pessoa.

Ou não?

20

BEN

Os pais de Parker adoram passar o fim de semana no litoral do Oregon. Fazem isso algumas vezes por ano desde que Parker era pequena. Sempre alugam a mesma casa, fazem os mesmos programas, comem nos mesmos restaurantes.

É meio que um *evento* da família Blanton.

Já fui junto algumas vezes, mas na época da faculdade.

Como aconteceu com os jantares, eu meio que fui me afastando quando as coisas entre Lance e Parker ficaram sérias.

Mas agora, quando Parker me pergunta se quero ir com eles passar o fim de semana fora depois de nossa tentativa fracassada de fazer sexo com outras pessoas, aproveito a chance sem pensar duas vezes.

Principalmente porque estou louco para sair um pouco de Portland.

As coisas no trabalho estão uma loucura depois da promoção. Ando meio cansado dos bares daqui, e às vezes nem sei como preencher o tempo livre.

Estou sentindo certa inquietação, uma espécie de mudança no horizonte, e não sei muito bem como lidar com isso.

Preciso de um tempo.

"Então... Ben."

A mãe de Parker pega uma cenoura da tábua e dá uma mordida. Fui designado para cortar os legumes. Ela se apoia no balcão da cozinha e fica me observando.

Continuo cortando a cenoura em rodelas caprichadas sem nem olhar para ela, torcendo para que não me pergunte quais são minhas intenções com sua filha.

140

Parker disse que não contou para os pais sobre nossas aventuras sexuais, mas Sandra sempre me pareceu o tipo de mãe que sabe de tudo.

"Ouvi dizer que lhe devo os parabéns", ela comenta.

A faca estremece na minha mão. Não pode estar falando sobre...

"Pela promoção", Sandra continua, pegando outra cenoura.

Ah. Isso.

"Obrigado."

Ela dá risada. "Ah, qual é? Pelo jeito como você fala, parece que é um castigo."

Encolho os ombros. "É que... não é nada de mais."

"Bom, Parker parece achar muito importante. Ficou falando a respeito por quase meia hora quando ligou."

Olho pela janela para onde Parker e o pai dela estão preparando o churrasco.

O inverno está chegando, de modo que o tempo está frio e nublado. Parker está linda com meu moletom cinza da faculdade, que fica enorme nela, as mangas ultrapassando seus dedos em vários centímetros, o capuz vestido.

"Seus pais devem estar muito felizes", continua a sra. Blanton.

Olho para a tábua e pego um pepino.

"Ben..." A voz dela tem aquele tom de advertência maternal. "Você *contou* pros seus pais, não?"

"Na verdade, não", murmuro.

"Por quê? Pais adoram receber esse tipo de notícia."

Pais como você, talvez.

E não é que meus pais não gostem de receber boas notícias dos filhos; só que não acho que a mudança do cargo de gerente de produto para gerente de produto sênior faça algum sentido para eles, muito menos que seja motivo para me parabenizar.

Não quando meu irmão acabou de virar sócio de um escritório de advocacia importante e minha irmã anunciou que vai fazer um ph.D. em Yale agora que conseguiu seu diploma de direito em Harvard.

A sra. Blanton parece sentir que não quero falar sobre meus pais — ou minha promoção — e muda de assunto. Fico grato.

"Como ela está?"

"Quem, Parker?", pergunto.

Ela revira os olhos, bem-humorada. "Quem mais?"

Corta. Corta. Corta. Fatio o pepino com todo o cuidado. "Por que está perguntando pra mim?"

A sra. Blanton me olha de um jeito estranho. "Hã, talvez porque você é o melhor amigo dela há anos. Talvez porque vocês moram juntos. Ou, espera aí, já sei, porque você é parte até das nossas férias em família..."

Isso sem falar no sexo. Sensacional, incrível, de virar a cabeça.

O que eu não digo em voz alta. Claro.

"Ela está bem", respondo.

A mãe de Parker pega uma fatia de pepino com um gesto distraído e vira para a janela, observando a filha. "Estou preocupada com ela."

Olho em sua direção. "Ah, é?"

"Acho que não está lidando bem com o sofrimento. Não quer nem *reconhecer* isso."

Sofrimento? Juro por Deus que vou atrás de quem quer que...

Sandra continua falando, sem notar meu surto de raiva. "Sou totalmente a favor de curtir a solteirice, mas... bom, Parker chegou a falar em casamento para você?"

Minha mão estremece. Respiro fundo para conseguir continuar. Então penso melhor e decido inclusive deixar a faca de lado. Já temos legumes demais.

Pego minha cerveja, que é um acompanhamento bem melhor pra conversa que cenoura.

A ideia de Parker casando com Lance... *blergh.*

"Ela parece estar lidando bem com o rompimento", respondo, ignorando a questão do casamento.

"Mas a questão é essa", a sra. Blanton continua, franzindo os lábios. "Não parece estranho? Eles namoraram quatro anos, quase cinco, e mais perto do final ela vinha dizendo que poderia ser para sempre."

A cerveja não cai bem, então a deixo de lado. "Acha que o negócio com Lance era assim sério?"

Ela fica hesitante. "Bom, não sou eu que tenho que dizer isso... Mas ele parecia fazer bem para ela. Parker vivia feliz."

Ah, é?

Puxo pela memória, tentando ignorar os últimos dois meses, quando Lance praticamente a ignorou.

Concluo que a sra. Blanton tem razão.

Parker era feliz com o sujeito. Ou pelo menos parecia contente. Os dois quase nunca brigavam, sempre saíam... eram totalmente compatíveis, de um jeito meio tedioso, mas que parecia funcionar.

Depois daquela primeira noite, quando Parker se acabou de chorar e fiquei com vontade de arrancar os olhos do cara, nem parei mais para pensar no ex dela.

Aliás, não parece que *Parker* ande pensando muito no ex, mas pode ser que a sra. Blanton esteja certa.

Talvez isso seja um problema.

"Ela vai encontrar alguém", digo. "Alguém melhor."

"Eu sei. E não quero apressar nada, só que... queria que tivesse alguém ao lado dela agora."

Dou uma boa olhada em Sandra.

É uma coisa estranha de se dizer sobre uma mulher independente de vinte e poucos anos com um emprego fixo e uma vida social ativa, mas talvez esteja relacionado ao câncer.

Às vezes esqueço que a mulher ao meu lado encarou a morte de frente. Faz sentido que ela pense na vida que sua única filha teria em sua ausência.

"Ela tem a mim", digo baixinho.

Sandra me olha com uma expressão surpresa. "Ah, Ben, eu sei disso!" Ela estende a mão e aperta meu braço. "É que... Sei que são melhores amigos e que vai estar sempre ao lado dela, mas, como mãe, é impossível não pensar no dia em que vocês dois vão se apaixonar por outras pessoas e tudo vai mudar."

Meu cérebro se rebela diante da informação. "Nada vai mudar."

"Mas precisa mudar", ela diz, com um tom de voz gentil, então se volta para mim. "Sei que você tem sua vida de solteiro no momento, o que é ótimo, mas vai acabar se apaixonando um dia. Você tem um coração grande demais para isso não acontecer. E como acha que essa mulher vai se sentir se achar que não é prioridade na sua vida?"

Abro a boca, em seguida fecho de novo. Não consigo pensar em outra garota ocupando o lugar de Parker.

143

Por outro lado, tampouco consigo imaginar uma eventual namorada, esposa ou o que for gostando da ideia de Parker ser prioridade pra mim.

"Pois é", Sandra diz, com toda a gentileza. "Sua amizade com Parker não vai morrer, mas vai *mudar*. Quero que ela tenha um cara perfeito, para quem seja sempre prioridade. Alguém que abra mão de tudo por ela. Que morra por ela."

Abro a boca de novo, mas juro que não sei o que dizer. Não sei nem o que sentir.

"Ai, nossa", ela diz, levando a mão à boca e dando uma risadinha, de modo idêntico à filha. "Desculpa. Desculpa, Ben. Eu não queria... Aposto que estou parecendo uma velha agora."

Abro um sorriso forçado.

"É uma coisa de mãe", ela explica, dando um tapinha no meu braço para se desculpar. "A gente se preocupa. Não quis dizer nem por um momento que você não é um amigo maravilhoso. E sei que sempre vai ser."

Pego minha cerveja de novo, virando a garrafa enquanto espero que meus pensamentos se organizem pelo menos o suficiente para tentar entender tudo isso.

Não dá certo.

Ela bate uma mão na outra. "Ora, onde é que foram parar minhas luvas? Acho que as batatas estão prontas, não?"

A porta dos fundos se abre, e Parker entra com um prato coberto com papel-alumínio. "A carne está pronta!"

Parker sorri para mim, mas o sorriso se desfaz um pouco quando me vê. Ela inclina a cabeça como quem pergunta se está tudo bem.

Eu me obrigo a abrir um sorriso em resposta.

Só que não está tudo bem. Nem um pouco.

Não consigo parar de pensar nesse momento de que a sra. Blanton falou.

Quando Parker e eu tivermos pessoas mais importantes em quem pensar.

Não gosto nem um pouco dessa ideia.

21

PARKER

Seja lá qual for o bicho esquisito que mordeu Ben quando eu estava lá fora com meu pai, o efeito da picada passa quando chegamos à sobremesa: uma deliciosa torta de frutas vermelhas locais com sorvete de creme. Como duas fatias e não me sinto nem remotamente culpada.

Quando terminamos de lavar a louça e meus pais vão para a cama, estou contente como não me sinto há um bom tempo.

"Quer montar um quebra-cabeça?", pergunto.

Ben solta um grunhido. "Você e seus quebra-cabeças. Que tal uma caminhada na praia?"

Olho lá para fora com uma expressão de ceticismo. "Uma caminhada na praia totalmente escura à beira de um mar bravo no meio da chuva em um frio de matar?", pergunto.

Ele sorri. "Sim. Exatamente isso."

"Eu topo."

Cinco minutos depois, estamos cobertos dos pés à cabeça — eu com o moletom da faculdade que roubei de Ben, ele com sua camisa de flanela. Percorremos a curta distância até a praia. Por sorte a chuva parece ter dado lugar a um sereno gelado.

Não está tão frio quanto eu esperava. Como nada me deixa mais irritada que areia nos sapatos, tiro os tênis e as meias e deixo em cima de uma pedra grande e inconfundível para poder encontrar depois.

Ben faz o mesmo, e ambos dobramos a calça até o meio da panturrilha.

Sinto a areia gelada sob os pés, mas de um jeito gostoso.

Sempre adorei as viagens em família para Cannon Beach.

É um dos lugares mais bonitos do mundo, com ondas bravas, areia fofa e o rochedo Haystack pairando sobre a praia.

A alta temporada pode ser no verão, com fogueiras na praia, sorvete de casquinha e o sol brilhando no céu, mas sempre gostei mais de vir no inverno.

Poucas coisas são melhores do que ficar encolhidinha debaixo das cobertas com um bom livro enquanto chove forte lá fora, ou então assar marshmallows na lareira. Além de montar quebra-cabeças, claro.

Mas a melhor parte é ter a praia só para você.

Bom. Para você e seu melhor amigo, no caso.

Ben parece ser da mesma opinião, porque respira fundo. Quase consigo senti-lo relaxar enquanto caminha ao meu lado.

A maré está baixa, o que faz a faixa de areia parecer infinita. Em uma concordância silenciosa, viramos para a esquerda, embora o lado não faça diferença. Nossa intenção não é chegar a lugar nenhum.

Caminhamos em silêncio por vários minutos antes que eu puxe conversa. "Então, o que foi que minha mãe falou que deixou você assustado?", pergunto.

Ele fica em silêncio por um instante, acho que tentando decidir se me conta ou não. Ou *quanto* me conta.

"Sua mãe está preocupada com você", ele diz por fim.

Viro para ele, surpresa. "Sério? E eu achando que vinha novidade quente por aí..."

Ben não faz uma piadinha em resposta, como eu esperava. Só enfia a mão nos bolsos e olha para o céu por um momento. "Ela acha que você não está lidando bem com o término."

Abro a boca para responder, mas fecho em seguida.

É um desdobramento que não esperava.

Na maior parte do tempo, sinto que estou na mesma sintonia que minha mãe, mas essa revelação me pega desprevenida. "Ela falou isso mesmo?"

Ben encolhe os ombros. "Veio com um papo sobre sentimentos reprimidos e blá-blá-blá."

Enfio as mãos nos bolsos e reflito.

Sinceramente, quase não penso em Lance. Ou sobre o término. Mas sendo bem sincera mesmo... acho que me *proíbo* de fazer isso.

Quando alguma coisa me faz lembrar de Lance, logo penso em como me senti mal ao levar um pé na bunda, e meu cérebro meio que muda de assunto, por ser doloroso demais.

"Ela está certa?", Ben pergunta depois de um tempão. "Você ainda não superou Lance?"

Detenho o passo, porque de repente parece difícil andar e pensar em um assunto tão delicado.

"Talvez", respondo baixinho.

Ele para também e se vira para mim. Não consigo enxergar seu rosto. A única luz vem das estrelas e da meia-lua no céu em meio ao sereno, mas dá para sentir sua intensidade mesmo assim.

"Talvez esteja na hora de você começar a processar isso", Ben diz.

"Mas *como*?", pergunto. "Quero seguir em frente mais do que qualquer um, pode acreditar. Virar a página de verdade. Não posso ser uma daquelas mulheres que aos quarenta e cinco anos ainda carrega a bagagem emocional dos vinte e poucos. Mas, tipo, não existe um manual de instruções pra coisa."

Ben dá de ombros e olha para a areia. "De repente pode ser bom conversar com ele. Ver como você se sente depois."

Não é uma ideia tão ruim. Uma conversa definitiva para virar a página e coisa e tal.

"Acho que eu poderia ligar e marcar um café ou coisa do tipo", murmuro.

"Tem certeza de que vodca não seria uma opção melhor pra lidar com o ex?"

"Não. Quero estar com os pensamentos em ordem", respondo.

Voltamos a caminhar, os dois em silêncio. Sei por que *eu* estou em silêncio, mas não consigo perceber em que Ben está pensando.

"Minha mãe falou mais alguma coisa?", pergunto. "Você parece meio... ensimesmado."

"Ensimesmado, é?", ele rebate. "É uma bela definição. Sexy e melancólica."

"Mas também pode ser bem irritante, então desembucha, Heathcliff." Dou uma cotovelada leve nele.

As palavras que vêm a seguir são tudo menos leves.

"Não quero que nossa amizade mude", ele diz.

Interrompo o passo e me coloco na frente dele, estendendo a mão e pedindo que pare também. "Espera aí, como é que é? O que minha mãe falou pra você?"

Sinceramente, esse não é o Ben que conheço e adoro.

É muito raro eu me irritar com minha mãe, mas não estou nada satisfeita por saber que foi ela quem transformou meu melhor amigo em uma concha fechada.

Ben desvia os olhos. "É que... acho que estou me dando conta de que não dá pra continuar assim pra sempre. Transando sem preocupação, viajando juntos quando der vontade."

"Claro que dá", digo, teimosa.

O sorriso que ele abre é meio triste. "Acha mesmo? O que vai acontecer quando você conhecer alguém? Não um cara bonitão num bar, mas tipo... alguém *sério*. Ou eu? E quando um de nós resolver casar?"

Eu achava que meu cérebro tinha entrado em colapso quando Lance terminou comigo, mas aquilo não foi nada em comparação com a forma como minha mente se recusa a conceber a ideia de Ben casando.

"Você conheceu alguém?", me obrigo a perguntar. "Alguém... especial?"

"Não. Nem de longe. É que... vai acontecer algum dia, sabe? Pra nós dois."

É uma estranha inversão de papéis. Ele sendo racional e pensando no futuro, eu vivendo teimosamente o momento.

"É, mas não faz sentido pensar nisso *agora*", digo baixinho. "Esse pode ser nosso futuro, mas não é nosso presente."

Ele vira para o mar antes de olhar para mim. "Você tem razão. Desculpa. Puxa, sua mãe é craque em colocar coisas na cabeça das pessoas, hein?"

"Ou pelo menos *na sua*", provoco.

Retomamos a caminhada, e a tensão parece se dissipar. Acho que voltamos ao normal. A como deveria ser.

Mas então...

Ben estende a mão devagar, e fico sem reação até que seus dedos tocam os meus.

É um gesto um tanto inseguro. E meigo. Talvez uma tentativa meio desesperada de estabelecer uma coisa que nenhum dos dois quer definir.

Ben — meu melhor amigo — está andando de mãos dadas comigo.

E, apesar de meu cérebro estar totalmente surtado, meus dedos pelo jeito sabem o que fazer e se entrelaçam aos dele. Caminhamos de mãos dadas pela praia silenciosa, cada um perdido em seus próprios pensamentos.

Mas não crio coragem para perguntar se os pensamentos dele estão se tornando tão perigosos quanto os meus.

22

BEN

Não consigo dormir.

A casa de praia que os Blanton costumam alugar tem quatro quartos, e Parker e eu não estamos juntos, claro, já que os pais dela não sabem que estamos transando.

Mas faz uma hora que Parker e eu chegamos da caminhada na praia, e uns bons quarenta e cinco minutos que olho para o teto.

Sou obrigado a admitir o verdadeiro motivo de não conseguir pegar no sono:

Parker não está aqui.

De alguma forma, nas últimas semanas, me acostumei a seu corpo quentinho e gostoso encostado em mim.

Me acostumei com o cheiro de xampu e o som de sua respiração.

É só sexo, penso comigo mesmo.

Fora os dias em que Parker estava impossível por causa da TPM, a gente transou todos os dias. Então só pode ser isso que está me deixando inquieto. A falta de sexo.

Tenho quase certeza.

Hesito por uns trinta segundos antes de jogar as cobertas de lado e caminhar silenciosamente até a porta do quarto e abri-la. A dobradiça range. Droga.

Solto uma risadinha baixa ao perceber que pareço um adolescente tentando entrar às escondidas no quarto de uma garota enquanto os pais dela dormem no outro quarto.

Na verdade, a comparação é perfeita.

A porta de Parker está destrancada. Ela devia estar acordada, porque senta na cama assim que abro a porta.

Quando a fecho, perco a coragem, e não me mexo.

O que não acontece com ela.

Sem dizer uma palavra, Parker desliza do meio do colchão para o lado direito, abrindo espaço para mim.

Sorrio enquanto vou com passos apressados até o calor de sua cama. Até o calor *dela*.

Acomodamos a cabeça no travesseiro ao mesmo tempo, virados um para o outro.

"Oi", ela diz.

"Oi."

E, do nada, começo a me sentir hesitante de novo. Quase tímido.

Qual é o problema comigo, porra? Com a gente?

Vim aqui com toda a intenção de fazer sexo quente e intenso, e o fato de precisar ser em silêncio absoluto só deveria tornar tudo mais excitante.

Mas, agora que estou aqui, mal conseguindo distinguir as feições tão conhecidas de Parker no escuro, descubro que quero uma coisa bem diferente. Uma coisa que nem sei definir.

Minha mão desliza pelo meu travesseiro, depois pelo dela, até minha palma se acomodar em seu rosto. Meu polegar acaricia sua pele macia, e fico com a impressão de que a ouvi suspirar. Seria bom se tivesse um pouco mais de luz para poder ver Parker, mas compenso isso com o toque, explorando mais seu rosto, seus olhos fechados. Seus lábios.

Ela beija a ponta dos meus dedos bem de leve, e sinto um aperto no peito.

Chego mais perto até nossos troncos se tocarem. Sinto sua respiração contra meus lábios.

Rola um beijo.

Devagar, leve. Diferente. Denota uma intimidade perigosa, mas nenhum de nós dois demonstra a pressa habitual de estabelecer o ritmo frenético. Minha língua mergulha em sua boca sem parar, adorando a maneira como seus dedos puxam minha camiseta, inquietos.

Minha boca desce para seu pescoço. As mãos dela passeiam pelos meus cabelos enquanto fico parado ali um bom tempo antes de começar a descer por seu corpo, beijando seus peitos, sua barriga.

Paro na cintura, puxando a blusa dela só um pouquinho, para que minha boca encontre a pele exposta pouco abaixo do umbigo. E é aí que eu paro, me dando conta de que o sexo com ela é uma coisa de outro nível não por causa de seu corpo incrível, ou pela contradição entre seus dedos frenéticos e seus gemidos baixinhos.

É pelo fato de ser *Parker*. E sexo com alguém que a gente gosta é... diferente.

Melhor.

Minhas mãos deslizam por baixo de sua blusa, e volto a me concentrar na parte superior de seu corpo, arrancando a peça ao fazer isso. Ela levanta os braços para facilitar. Minha camiseta vai embora a seguir, depois a calcinha dela, minha calça e minha cueca, mas não sem antes pegar uma camisinha do bolso, porque... sempre alerta.

Tem tanta coisa que eu gostaria de fazer com ela. Que eu gostaria que fizesse comigo. Mas, quando seus braços me envolvem, me puxando para perto, só consigo pensar em entrar nela. Quero me sentir em casa.

Coloco a camisinha sem a impaciência e as brincadeirinhas de sempre.

Apoio as mãos no travesseiro, uma de cada lado de sua cabeça, e meus olhos se cravam nos dela. Com um gesto carinhoso, afasto os cabelos de seu rosto para ver melhor. Preciso disso.

Eu a observo enquanto meto fundo, com uma estocada suave que nos deixa ofegantes em meio ao silêncio da noite. E então, de alguma forma, minhas mãos encontram as dela no travesseiro. Nossos dedos se entrelaçam, e o contato das palmas me parece tão importante quanto a sensação de estar dentro dela.

Continuo com as estocadas sem parar, e seus quadris se movem na direção dos meus.

"*Ben.*" Meu nome sai em um sussurro de seus lábios, como um apelo. Respondo me esfregando nela no momento em que seu corpo se arqueia e me aperta por dentro.

Solto um grunhido. Por algum motivo o sexo tão tradicional de hoje me faz gozar mais forte do que nunca.

Apoio a testa levemente na dela, recuperando o fôlego antes de me afastar com um beijo em seu rosto.

Não quero mais nada além de ficar deitado ao seu lado, aninhar seu corpo junto ao meu, mas a realidade pouco a pouco vai se infiltrando no mundo dos sonhos dos minutos anteriores, e eu me lembro de onde estamos. De quem somos.

"Acho melhor voltar pro meu quarto", murmuro.

Ela assente.

Nenhum dos dois quer desentrelaçar os dedos.

Sinto que existem coisas a ser ditas, mas não sei quais, então me contento com um último beijo.

Só quando volto ao quarto percebo que talvez não haja *coisas* a dizer, mas uma única coisa, no singular.

Porque, pela primeira vez desde que começamos a transar, fico me perguntando se um de nós não deveria dizer a palavra de segurança.

Antes que seja tarde demais.

23

PARKER

Fingimos que nada mudou. Que a noite passada não foi ao mesmo tempo incrível e esquisita.

Mas a viagem de volta a Portland é carregada de uma tensão que nunca senti entre nós.

Ainda conversamos. Ainda discutimos sobre o que ouvir no rádio. Ainda fazemos o jogo das placas de carros, cada um tentando ser o primeiro a lembrar uma palavra que contenha todas as letras da chapa à frente.

Mas não consigo parar de pensar em ontem à noite.

Sobre o que aconteceu ter sido *importante* de alguma forma.

Quando enfim estacionamos diante da garagem de casa, fico aliviada. Preciso de um tempo sozinha para pensar. Para tentar descobrir o que achar do passeio de mãos dadas na praia e do sexo com intimidade que veio depois.

No entanto, toda a minha intenção de ter um tempo para mim mesma se evapora no momento em que Ben para o carro e vejo um cara sentado nos degraus da frente.

Minha mente congela. Em meio ao zumbido nos ouvidos, consigo ouvir Ben murmurar: "Puta merda...".

É Lance.

Ele está sentado na frente de casa e nos observa descer do carro com uma expressão indecifrável.

Ben pega nossa bagagem no banco de trás, colocando minha bolsa em um dos ombros e sua mochila no outro.

Lance levanta, e a forma como encara Ben sem dúvida nenhuma é cautelosa. Uma rápida olhada me diz por quê. O sorriso habitual está bem longe de passar por seu rosto. Toco o braço de Ben, pedindo que se acalme.

Seus olhos encontram os meus, e sua expressão é raivosa. Ele respeita meu pedido, apesar de não concordar, fazendo um simples aceno de cabeça em cumprimento para Lance, ainda com a cara fechada.

"Oi, Ben." Lance sai do caminho para que passe. Se não tivesse feito isso, teria levado um encontrão, tenho certeza.

"Estamos chegando agora de Cannon Beach", explico, movida pela clara necessidade de dizer alguma coisa.

"Ah." Ele abre um sorriso tenso enquanto me observa. "Tenho boas lembranças daquele lugar. A maioria envolve entrar escondido no seu quarto no meio da noite."

Ben enfia a chave na fechadura, claramente ouvindo a conversa, porque seus ombros ficam tensos.

Não. Não! Isso está mesmo acontecendo?

Em termos racionais, sei que Lance não pode estar dizendo aquilo para Ben.

Ele não tem como saber sobre ontem à noite. E fica óbvio pela expressão ligeiramente desesperada em seu rosto que é só uma tentativa de me lembrar dos bons tempos.

Mas só sinto uma estranha vontade de ir atrás de Ben. De dizer que sim, Lance entrou no meu quarto uma vez ou outra, mas isso foi antes... antes...

"O que está fazendo aqui?", pergunto a Lance, de repente irritada com sua presença.

Ele se encolhe um pouco, provavelmente por causa do meu tom nada empolgado. "A gente pode conversar?"

Viro mais uma vez para Ben, só para ver quando bate a porta sem nem olhar para trás.

Levo os dedos à testa, sentindo uma dor de cabeça surgir do nada. "Claro."

O que mais eu poderia dizer para o cara que namorei por cinco anos? Apesar de ter levado um fora dele?

Sento no degrau. Lance franze a testa, confuso, provavelmente pelo frio. Conversar dentro de casa faria muito mais sentido. Mas não quero os dois no mesmo ambiente. E não sei se quero Lance na minha casa antes de ouvir o que ele tem a dizer.

"Hã, certo", ele fala, sentando ao meu lado, mas sem encostar em mim. "Então Ben foi com você para Cannon Beach?"

"Foi."

Isso não explica muita coisa, mas não devo nenhuma satisfação a Lance.

Mesmo assim, é estranho ele ter perguntado. Uma das melhores coisas de Lance era que não tinha ciúme de Ben. Ele sempre pareceu capaz de entender o que as outras pessoas se recusavam a aceitar.

Mas detecto um sinal de tensão em sua voz agora, como se tivesse sentido uma mudança no clima entre mim e Ben. Apesar de nem eu saber que mudança era.

Pensei que soubesse, mas agora...

Lance olha para o céu, que está nublado, mas pelo menos não chove. "Acho que cometi um erro, Parker."

Enfio as mãos entre os joelhos e aperto as pernas uma contra a outra. Não digo nada.

Ele me encara... "Eu... andei pensando em você. Na gente. Bastante."

"É, deu pra notar, com todas as ligações", digo, sarcástica.

Ele fica em silêncio por alguns instantes. "Achei que você não ia querer me ouvir. E não queria dizer nada antes de ter certeza. Não queria brincar com seus sentimentos."

Solto um risinho de deboche. "Onde estava essa consideração toda nos dois meses de namoro em que me isolou, porque não estava mais 'no clima'?"

Lance vira para mim, e sua expressão me parece bem séria. "Você está chateada. E com razão. Magoei você. Mas somos adultos e, antes de avançar na conversa, me diz se tenho alguma chance aqui. Porque, se não tiver, não vou desperdiçar o tempo de ninguém."

Não é uma coisa muito romântica a se dizer, mas me pego sorrindo, porque é *a cara* do Lance.

Só que o sorriso logo desaparece, porque... Não sei o que dizer. Não sei de mais nada.

E então me dou conta de que minha mãe talvez tivesse razão quando disse para Ben que eu não processei direito o que aconteceu.

Porque, agora que ele está aqui, me sinto invadida por uma porção de lembranças e sensações familiares, além de um pouco de mágoa, sem dúvida. Tento lembrar como a gente era. Como era *bom*.

Queria que Ben estivesse aqui. Que ficasse do meu lado enquanto penso. Que me dissesse o que fazer.

"Parker?"

"Não sei como estou me sentindo no momento", digo a Lance.

"Bom, não me mandar embora já é um bom começo."

"É."

"Se não estou sendo expulso da propriedade, significa que você ainda não arrumou um cara com pinta de astro de cinema?"

O tom de voz dele é brincalhão, mas minha mente se volta para Ben. Para a maneira como ele me olhou ontem à noite. Como segurou minha mão.

Balanço a cabeça para afastar os pensamentos. É *Ben*. Meu melhor amigo. Nada além disso.

Lance estende o braço na minha direção, bem devagar, para me dar a chance de me esquivar. Permito que segure minha mão, para ver como me sinto, mas...

Não sinto nada.

Seus dedos apertam os meus. "Quero outra chance, Parker."

Finalmente viro para ele. "Por quê? Pensei que não estivesse mais 'no clima'", repito. "E a garota? A que chamou sua atenção?"

Ele se mantém firme. Não se desculpa pelas palavras frias que usou naquela noite nem tenta negar nada.

"Ela era... parecida demais comigo."

Meu estômago se revira.

"Então vocês saíram."

Ele dá de ombros. "Tomamos um café uma ou outra vez, mas..."

"Ela não quis saber de você."

Ele abre um sorriso amarelo. "Ela tem namorado. Mas você precisa saber, Parker, precisa *acreditar* que não estou aqui só porque não rolou nada com ela. Nossa relação não tem nada a ver com a Laurel."

Laurel. Blergh.

"Estou com saudade." Sua voz soa mais urgente agora. "Estava atolado no trabalho, nos estudos e..."

"E agora não está mais?", pergunto, bem cética.

"Esse tipo de coisa sempre vai ser importante pra mim, mas agora percebi que preciso de equilíbrio. Eu... nossa, sei que vai soar muito clichê, mas... Só percebi o quanto precisava de você, o quanto te amava, com a distância."

Não fico exatamente eufórica, mas essas palavras sem dúvida me animam. Seria muito melhor ter ouvido isso *antes* de ir pra cama com Ben.

"Eu amo você, Parker. Isso nunca mudou. Tenho certeza disso agora."

Passo de levemente animada a quase satisfeita ao perceber o quanto queria ouvir isso. Que alguém me ama, me quer e precisa de mim.

Ele aperta minha mão. "Me dá outra chance. E não pra tudo voltar a ser como antes. Quero começar do zero."

Balanço negativamente a cabeça, indicando que não entendi.

Lance põe a outra mão em cima da minha. "Quero que vá morar comigo."

Eu o encaro. "Como é que é?"

Ele abre um sorrisinho. "Olha, entendo que Ben seja seu amigo, e tudo bem que tenham morado juntos até agora, mas quero um relacionamento de verdade, Parker. A gente não vai conseguir ter isso enquanto você morar com outro cara. Sendo bem sincero, acho que isso foi parte do motivo de não assumir nosso compromisso como deveria."

Fecho a cara. "Mas você... nunca teve ciúmes do Ben. Certo?"

"Não. Ciúmes, não. Entendo que vocês são amigos, quase irmãos..."

Desvio o olhar, para que ele não veja a culpa estampada na minha cara.

"É que..." Lance se interrompe, como se estivesse tentando buscar as palavras certas. "Sabe como é, se Ben e eu sofrêssemos acidentes e fôssemos cada um para um hospital... Nunca ficou claro pra mim qual de nós você ia visitar primeiro."

"Isso... é bizarro", comento.

É uma forma deliberada de não responder ao cenário hipotético, e fico torcendo para que não note.

"Você entendeu", ele diz com um meio sorriso. "A gente sempre quer ser *prioridade* na vida do outro."

Fico paralisada ao me dar conta da simplicidade da afirmação. Ele tem razão, mas as implicações são complexas.

Porque isso significa que as coisas entre mim e Ben não podem continuar como estão. Nós dois merecemos viver um amor pleno e satisfatório, e não vamos conseguir fazer isso se continuarmos tão apegados um ao outro.

Lance tem razão sobre sermos adultos. Minha relação platônica com Ben podia ser bonitinha e divertida na faculdade, mas logo vou fazer vinte e cinco. Estou longe de ser velha, mas tenho idade o bastante para saber que quero um relacionamento de verdade.

Quero o que tenho com Ben — os risos, a cumplicidade, a possibilidade de discutir meus problemas à vontade...

Mas quero outras coisas também. Receber flores no Dia dos Namorados, beijos em público, casamento.

Quero alguém que ande de mãos dadas comigo no shopping, não só numa praia deserta à noite.

"O que me diz, Parker?" O tom de voz de Lance agora é de súplica. "Quer ir morar comigo?"

24

BEN

Quando Parker entra em casa, estou vendo tv, mas sem prestar atenção.

Ranjo os dentes, irritadíssimo comigo mesmo por ter mencionado Lance ontem à noite. É como se eu tivesse evocado a presença do desgraçado dizendo seu nome em voz alta.

Porque não faz sentido. Depois de três semanas sem ninguém nem pensar no cara ele aparecer sentado na *minha* casa, para falar com a *minha*...

Melhor amiga.

Escuto a porta da frente se fechar com um clique suave e fico todo tenso, com os ouvidos apurados à espera do som de um segundo par de pés indicando que Lance foi convidado a entrar.

Quando Parker aparece sozinha na sala, solto um suspiro baixo de alívio, mas sem tirar os olhos da tv, pra não dar bandeira.

Não quero que ela perceba... Porra, nem eu sei o quê.

Só quando Parker senta ao meu lado e solta um suspiro profundo viro em sua direção, colocando a tv no mudo.

"Falar ou calar?", pergunto, recorrendo ao nosso velho esquema. Porque, apesar de uma parte de mim ter vontade de sacudir Parker e arrancar cada detalhe do que Lance disse, ela é acima de tudo minha amiga, e tenho que apoiar a garota.

Mesmo que seja em silêncio.

Ela respira bem fundo outra vez. "Lance quer voltar."

Essas palavras me machucam um pouco, apesar de eu estar preparado para elas. Afinal, por que mais o cara ficaria sentado na frente de casa feito um idiota, fazendo depois um comentário só para mostrar que era ele quem costumava entrar escondido no quarto da Parker nas viagens da família dela?

E é isso que me incomoda de verdade. A consciência de que, além de eu ter funcionado como um estepe na viagem, tive a mesma função na cama de Parker ontem à noite.

E eu aqui romantizando a coisa toda feito um otário, enquanto para Parker era só mais do mesmo.

"Como você se sente em relação a isso?", me obrigo a perguntar. Como se sente em relação a ele?, penso.

Ela joga a cabeça para trás no sofá, parecendo exausta.

O que, imagino, é melhor que ficar toda alegrinha com o fato de que ele finalmente percebeu que estava sendo um idiota. Mas seria melhor se ela estivesse um pouco mais irritada, num clima mais "nem por cima do meu cadáver".

"Sei lá", Parker diz. "Estou... achando tudo muito esquisito e confuso."

Então ela vira para mim, olhando nos meus olhos de verdade pela primeira vez desde ontem à noite. Fico com a sensação de que quer me perguntar alguma coisa, mas não sei o quê. E, mesmo que soubesse, não saberia responder.

"Você vai saber o que fazer, Parks." Só consigo dizer isso.

"Acha mesmo que eu deveria voltar com ele?"

Caramba, que pergunta!

"Acho que você deve fazer o que estiver a fim", respondo, cauteloso.

Ela me dá um tapa no peito. "Para com isso. Preciso de ajuda, droga. Você é meu amigo."

Abro um sorrisinho, porque talvez as coisas não tenham mudado tanto entre nós no fim das contas.

Talvez a noite de ontem tenha sido só algo que acontece de vez em nunca. Um momento de fragilidade, ou sei lá o quê.

Não existe motivo para não voltarmos a ser como antes, com as brincadeiras constantes. Mesmo se ela voltar com Lance. Talvez seja exatamente disso que a gente precisa para retomar a antiga rotina.

Quando nossos fins de semana envolviam visitas inofensivas à IKEA, e não viagens à praia que terminavam com sexo incrível.

"Não precisa complicar as coisas", digo a ela. "É só decidir. Você é mais feliz com Lance? Ou sem?"

"Ah, é. Não tem nada de complicado nessa decisão", ela responde, sarcástica.

Dou um tapinha em sua mão sobre minha coxa. "Você vai saber o que fazer."

Se meus dedos ficaram colados aos dela um pouco mais do que deveriam, ambos ignoramos. Porque sabemos que, se ela voltar com Lance, esses toques mais íntimos e naturais vão virar coisa do passado.

Parker está roendo as unhas da outra mão, olhando para a frente. Por sua testa toda franzida, percebo que ela está pensando demais.

"Certo, me conta como foi a conversa", digo. "Tipo 'foi mal, agora vamos fingir que nada disso aconteceu'?"

Ela revira os olhos. "Ele não é *você*. Leva essas coisas a sério."

Me retraio um pouco, ofendido, mas Parker está envolvida demais para notar.

É isso que ela acha de mim?

Que sou incapaz de levar as pessoas a sério só porque não quero assumir um compromisso no momento?

"Ele estava atolado no trabalho e nos estudos. Não soube como equilibrar as coisas", Parker explica.

Franzo a testa, porque não gosto dessa coisa de compartimentalizar a vida. Um cara com a sorte de uma namorada assim deveria se dedicar *totalmente* a ela. Parker não merece ser só mais um elemento na planilha dele.

"Então o que mudou?", pergunto.

Ela solta minha mão e se inclina para a frente para encarar o chão. "Ele percebeu que precisa de mim. Que me ama."

Engulo em seco. "E você precisa dele? Sente a mesma coisa?"

As palavras saem amargas da minha boca. Meu corpo fica todo tenso, como se as rejeitasse fisicamente. Em especial se a resposta for o que estou pensando.

"Acho que sim", ela diz baixinho.

Ignoro a estranha sensação de que alguma coisa se partiu dentro de mim. "Você *acha*?"

"Não sei!", Parker diz, ficando de pé em um pulo. "Eu... Será que dá pra gente voltar pro começo da conversa? Prefiro calar. Preciso pensar, e não consigo fazer isso com você tagarelando na minha orelha."

Começo a me irritar. "Trinta segundos atrás você estava insistindo pra ouvir o que eu achava. Assim fica parecendo que estou obrigando você a fazer o que eu acho."

"E por acaso você acha alguma coisa?", ela retruca. "A respeito do que quer que seja?"

"Acho um monte de coisa", respondo, agora bem puto. "Mas o que eu acho não interessa nesse caso!"

Ficamos em silêncio, e ela assente. "Certo. Você tem razão, claro. Essa decisão não é sua. Desculpa, é que... é muita coisa pra pensar, só isso."

"Eu sei", respondo baixinho. "Desculpa ter gritado. Não estou ajudando muito."

Ela abre um sorrisinho triste, sem me encarar.

"Parks?" Instintivamente, sei que tem mais coisa em jogo. Algo que ela ainda não falou.

Algo de que não vou gostar.

Ela me encara, com os olhos arregalados e um pouco amedrontados.

"Lance quer que eu vá morar com ele."

Todo o ar é sugado da sala. Não consigo respirar.

"O que você respondeu?", consigo perguntar.

"Que preciso pensar."

Assinto. "E o que vai responder?"

Seus olhos não desgrudam dos meus, implorando por compreensão. "Sim."

25

PARKER

"Ainda não acredito nisso", Lori comenta enquanto observa atenciosamente minhas sapatilhas de oncinha antes de encaixotá-las para a mudança. "É o fim de uma era."

Engulo em seco.

É mesmo.

Esse pensamento passou pela minha cabeça um milhão de vezes.

E um milhão de outros, basicamente indagando se eu tinha como sair dessa — se podia desistir de ir morar com Lance.

Por um instante, sinto vontade de contar tudo a Lori. Gostaria de poder confessar a alguém que a verdadeira razão de aceitar morar com ele foi medo. Medo de que, se continuasse com Ben, as coisas poderiam mudar.

Só que elas estão mudando mesmo assim, e eu ainda estou tendo que lidar com a mudança sem meu melhor amigo.

Mas conversar sobre isso com Lori vai suscitar uma série de questionamentos que não estou pronta para responder.

Sobre mim. E sobre Ben.

Sobre o que aconteceu na última noite em Cannon Beach.

Então fico em silêncio, tentando me convencer de que ir morar com Lance é a decisão certa. Que significa que estou seguindo em frente com minha vida.

Não levanto os olhos. Continuo embrulhando meus frascos de perfume em plástico bolha. "Obrigada por me ajudar a embalar as coisas pra mudança."

"Ah, imagina", ela diz, dispensando meu comentário com a mão. "Essa é a parte mais fácil. Pelo menos você tem dois caras pra ajudar com as coisas pesadas amanhã."

Fico em silêncio. Ela continua: "Ben vai ajudar, certo? Porque, por mais que eu adore você, não vou estragar as unhas carregando uma cômoda."

"Na verdade, ainda não pedi", respondo, me mantendo de costas para que não consiga ver a expressão no meu rosto. "Mas com certeza vai ajudar a pôr as coisas no caminhão, claro."

Não tenho certeza nenhuma disso.

Não é que a gente não esteja mais conversando. Somos perfeitamente educados um com o outro. Precisamos fazer isso, porque até a hora do almoço de amanhã ainda moramos juntos. E ainda vamos juntos para o trabalho.

Mas, nas duas semanas que se passaram desde que contei que vou morar com Lance, nossa conexão se perdeu. Mental. Emocional. E acima de tudo física.

Nenhum dos dois admite que tem alguma coisa errada. Mas tem, e isso está me matando por dentro.

"Certo. Queria falar uma coisa com você", Lori comenta, colocando um par de chinelos velhos com todo o cuidado na caixa, como se fossem Louboutins, antes de sentar na minha cama.

"Claro", respondo, grata pela mudança de assunto. Qualquer coisa que desvie meus pensamentos de Ben.

"É sobre Ben", ela avisa.

Hum.

"Certo", digo.

Tenho uma súbita premonição de que é melhor estar sentada pra ouvir isso, então percebo que já estou de pernas cruzadas no chão. Droga. Talvez seja melhor arrumar alguma coisa em que me apoiar então.

"Vou pedir pra sair com ele. Com Ben. Vou chamar Ben pra sair", ela conta.

Seu tom de voz é tranquilo, direto e muito, muito claro, mas mesmo assim preciso de um bom tempo para registrar as palavras.

"Lori..."

"Já sei o que você vai dizer", ela interrompe. "Que ele é um mulherengo e vai partir meu coração, porque nunca assume compromissos. Mas eu *gosto* dele, Parker. O suficiente pra querer arriscar."

"Mas..."

O sorriso de Lori é gentil, mas firme. "Com todo o respeito, não é você quem tem que decidir isso. Vou convidar Ben para jantar. Se ele quiser recusar, que seja, mas você não pode fazer isso por ele."

Pisco algumas vezes, confusa. Ela tem razão, claro. Não tenho o direito de decidir com quem Ben vai ou não sair, mas é que...

Lori olha bem para mim. "Tudo bem pra você, né? Porque está com cara de que quebrei um código de honra ou coisa do tipo..."

"Não! Quer dizer... claro que tudo bem. Vai ser meio esquisito quando — ou melhor, *se* — as coisas não derem certo entre vocês, mas no pior dos casos é só manter os dois à distância."

Ela solta um suspiro de alívio. "Que bom. Quer dizer, sei que você tenta manter suas amigas à distância dele, e entendo, mas é que... Penso nele o tempo todo. E às vezes quando a gente se olha eu sinto... alguma coisa, sabe?"

"Claro!"

Minha voz sai aguda demais, empolgada demais, mas Lori nem percebe.

Apesar de duvidar que Ben vá namorar em breve — mesmo uma pessoa incrível como Lori —, não consigo evitar as imagens hediondas que se formam na minha cabeça.

Lori e Ben de mãos dadas. Se beijando. Nós quatro saindo juntos.

Credo.

Lori olha para o celular. "Ai, droga, sério que já são duas horas? Minha aula de ioga começa daqui a vinte minutos. Tudo bem se eu sair agora? Posso voltar mais tarde."

Faço que não com a cabeça. "Não esquenta. Já estou quase terminando. Só falta encaixotar umas coisas. Além disso, não vou me mudar pro outro lado do país. Posso voltar aqui quando quiser pra pegar o que sobrar."

"Ben ainda não arrumou outra pessoa pra dividir a casa?"

Balanço negativamente a cabeça. "Ainda não, mas acho que John é um forte candidato, porque o contrato de aluguel dele acaba mês que vem, e ele está atrás de um lugar mais barato."

"Ah, por falar nisso, estou orgulhosa de você", diz Lori, colocando a bolsa no ombro. "Por mais fofos que você e Ben sejam, não dá pra continuar sendo *Will & Grace* pra sempre, né?"

Abro um sorriso sem graça. "Se quer ter um relacionamento com Ben, é melhor não comparar o cara com um ícone gay da tv. Ele gosta demais do sexo oposto pra isso."

Lori dispensa meu comentário com um gesto. "Você entendeu o que eu quis dizer. É bom que tudo tenha terminado antes que ficassem dependentes demais dessa rotina e começassem a sabotar os relacionamentos um do outro. É uma mudança de rumo boa."

Concordo com a cabeça, sem muito entusiasmo. Ando ouvindo bastante esse tipo de coisa. De Casey, da minha mãe, de Lori, de Lance... até do meu pai. Todo mundo parece concordar que está na hora de Ben e eu darmos "o próximo passo".

E todo mundo parece bem empolgado com minha mudança.

Menos eu e Ben.

Lori vai para a aula de ioga, me deixando sozinha com meus pensamentos depressivos.

Eu deveria estar empolgada.

O objetivo da mudança era proporcionar um recomeço. Deveria ser uma chance de assumir um compromisso mais sério com alguém que me ama, que quer mais de mim do que sexo e idas ocasionais à IKEA.

Então por que estou me sentindo como se estivesse de luto?

Escuto uma batida na porta, mas nem tenho a chance de responder antes que abra.

É Ben. "Oi."

"Oi!", respondo. "Entra!"

Mas é claro que ele já entrou, e se joga em cima da minha cama. "Achei que deveria vir ver se você precisa de ajuda." Levanto uma sobrancelha, e ele fica meio sem graça. "Eu sei. Estou oferecendo meio tarde demais. É que... mudança é um saco, né?"

É só um pretexto, e nós dois sabemos disso, mas, como tampouco estou agindo normal nos últimos tempos, deixo passar. Fico contente por ele estar aqui e pelas coisas parecerem... bom, não exatamente normais, mas pelo menos estamos conversando.

"O que eu faço?", ele pergunta.

Aponto para o closet. "Que tal terminar de encaixotar meus sapatos? Lori começou, mas estava demorando uns cinco minutos por par..."

Fico observando enquanto Ben pega um monte de sapatos e despeja na caixa sem a menor cerimônia.

"Estou vendo que esse problema você não vai ter", comento, sarcástica.

Ele sorri, repetindo o gesto. "Quantos sapatos você tem, mulher?"

"Esse 'mulher' que você acrescentou no fim da frase responde à sua própria pergunta. Tenho muitos."

"Espero que Lance esteja pronto pra perder uns oitenta por cento do closet dele", Ben comenta, pegando uma sandália anabela rosa e dando uma examinada cética nela antes de arremessar — sim, arremessar — na mesma caixa.

É a primeira vez desde o anúncio da mudança que Ben toca no nome do meu namorado.

Sim, Lance voltou a ser meu namorado. Não que a gente tenha, hã, consumado a retomada, mas vou morar com o cara. Claro que ele é meu namorado.

Mesmo assim, tenho evitado ao máximo a presença dele na casa. A ideia dos dois no mesmo ambiente não me agrada.

"Então, está feliz por ter o banheiro só pra você?", pergunto, com um tom de voz deliberadamente alegre. "Toda aquela água quente. Ah, e vai ser o dono absoluto do controle remoto. E suas cervejas não vão ter que disputar espaço na geladeira com meus espumantes. Não vai ter mais cabelos no ralo e..."

Para meu horror completo, minha voz fica embargada. Não consigo nem ver as correntinhas que estou tentando desembaraçar faz alguns minutos, porque meus olhos se enchem de lágrimas.

"Ei", diz Ben, parecendo em pânico. Ele senta ao meu lado no chão, estourando uma porção de bolhas do plástico no processo. "O que é isso?"

Ele pega uma lágrima com o dedo, o que me faz chorar ainda mais.

"Sei lá", respondo, em meio aos soluços. "É que... acho que... eu não..."

Ele passa os dedos de leve no meu rosto. "Vou sentir sua falta também, Parks."

Olho para ele com a visão toda borrada. "Comprei umas toalhas novas. Várias. Deixei lavadas e coloquei debaixo da pia, pra você ter um estoque por um bom tempo. E vou ligar todo dia pra te lembrar de..."

Ele tapa minha boca com a mão. "Parker. Relaxa. Você vai morar a cinco minutos daqui. Não é como se a gente nunca mais fosse se ver."

"Eu sei." Limpo o nariz com o dorso da mão. "Mas vai ser diferente. Não vai?"

Ben cola os joelhos no peito, envolve as pernas com os braços e fica olhando para as mãos. "É. Vai ser diferente."

Não é isso que quero que ele diga, então choro ainda mais antes de me jogar nos seus braços, agarrando seu pescoço com força.

Ele fica tenso por um instante, mas depois leva uma das mãos às minhas costas e a outra ao meu cabelo. "Você e seus choros."

"Pois é", murmuro contra seu pescoço. "Sou uma manteiga derretida."

Abraçada por ele, me sinto no lugar certo. Pela milionésima vez me pergunto se estou fazendo a coisa certa indo morar com Lance.

Recuo um pouco para olhar Ben, e nossos rostos ficam separados por poucos centímetros. É estranho pensar que, poucas semanas atrás, isso terminaria em um beijo.

E o mais estranho é que minha vontade de fazer isso permanece.

Ai, Deus. Não posso de jeito nenhum ainda estar a fim de Ben.

Para começo de conversa, tem o Lance.

Além disso...

Certo, não consigo pensar em nenhum outro motivo.

"Lori vai chamar você pra sair", revelo, desesperada para interromper meus pensamentos.

Ele levanta as sobrancelhas, e fico sem saber se é por causa da mudança abrupta de assunto ou da notícia em si. "Ah, é?"

Faço que sim com a cabeça. "Tentei avisar pra ela, mas... está determinada."

Ele franze a testa. "Como assim, *avisar*?"

"Pra ela se preparar", explico. "Pra sua recusa."

Ben fica me observando com uma expressão indecifrável. "E por que eu recusaria?"

"Bom, ela não está atrás só de uma transa", digo, forçando um sorriso e dando um tapinha em seu joelho. "Já falei que Lori quer um relacionamento sério. Pra valer."

"Entendi..." O tom de voz dele indica que não entendeu coisa nenhuma.

"Lori quer um namorado", reforço, dizendo com todas as letras.

Fico à espera de que ele absorva a informação para me garantir que não tem a menor intenção de assumir nada com Lori ou com qualquer outra garota.

Que vai continuar a ser um solteirão charmoso e galinha.

Não que eu goste da ideia de Ben dormir com um monte de garotas, mas é algo muito mais fácil de aceitar do que ele com alguém de verdade...

Mas Ben não diz nada disso. Simplesmente dá de ombros. "Gosto da Lori."

Fico boquiaberta. "Você não pode estar pensando em dizer sim."

Ele solta uma risadinha curta e um pouco áspera. "Bom, não é exatamente um pedido de casamento, né? Se ela me chamasse pra sair, eu aceitaria."

"Mas..."

"Não quero ficar solteiro pra sempre, Parker."

O tom de voz dele é um pouco agudo, e o meu um pouco irritado quando retruco.

"Desde quando?" Vejo que Ben cerra os dentes em irritação, mas insisto. "Quando foi que você deu *alguma* indicação de que queria uma namorada?"

"Sei lá, pô. Mas tenho direito de mudar de ideia, não? Quer dizer, não estou falando que vou comprar uma aliança no próximo fim de semana, mas nem por isso vou me manter fechado à ideia quando a garota certa aparecer."

Sinto um nó na garganta. Não sei por que, mas essa informação me deixa ao mesmo tempo surpresa e magoada.

Ben está esperando pela garota certa?

Sempre achei que fosse um solteirão convicto. Só de pensar que *quer* ser o namorado de alguém...

Isso abala toda a minha convicção de quem ele era.

Ou de quem *a gente* era.

Não faz o menor sentido. Nada mais faz sentido.

"Você vai mesmo namorar a Lori?" Tento fingir que não estou incomodada com a situação, sem sucesso.

"O que está acontecendo? Agora quem vem com dois pesos e duas medidas é você?", ele pergunta, levantando com uma expressão de irritação no rosto.

"Como assim?" Também fico de pé, para encará-lo.

"Você pode ter um namorado e um melhor amigo, mas eu só posso ter você?"

"Não!", respondo. "Não é isso que estou dizendo. Só pensei que..."

Ele cruza os braços. "O quê? O que foi que você pensou?"

Faço uma careta ao ouvir a frieza em sua voz. Não consigo responder, porque a resposta que está na ponta da minha língua vai destruir o que existe entre nós.

Porque a ideia maluca que domina minha cabeça é que não consigo aceitar o fato de que Ben estava esperando pela garota certa...

Porque isso significaria que não sou eu.

Todo esse tempo, nunca me permiti pensar em Ben como uma possibilidade porque achava que ele não queria namorar.

Só que eu estava errada.

Ele só não quer ser *meu* namorado.

Mas tudo bem. Somos só dois amigos que...

"Ai, meu Deus." Fecho os olhos com força. "Aconteceu."

"Aconteceu o quê?" O tom de voz dele ainda é de irritação.

Eu me obrigo a olhar em seus olhos. "Estragamos nossa amizade. Complicamos tudo colocando sexo no meio."

"Ou então *você* complicou tudo decidindo voltar com o babaca do seu ex."

"Ei!" Aponto para ele. "Isso *não* é justo. Pedi sua opinião, e você falou..."

"Não interessa o que eu falei!", Ben grita. "Ou você quer ficar com Lance, ou..."

Ele se interrompe e passa as mãos nos cabelos. Dou um passo à frente. "Ou quero ficar com Lance ou então o quê?"

Nem sei dizer o quanto desejo que ele termine essa frase.

Em vez disso, ele baixa as mãos e fecha os olhos. "Porra, isso é loucura. Vou dar o fora daqui."

"Ótima ideia. Fugir quando as coisas ficam feias", digo, irritada. "Lori é uma garota de sorte. Você vai ser um ótimo namorado."

Ben me encara, com os olhos frios como o gelo. De um jeito que nunca vi.

"Tenho uma palavra pra você, Parker, mas fique sabendo que, quando eu disser, não significa que quero que tudo volte a ser como era antes. Quando eu disser, vai ser pra avisar que não quero mais *nada* com você."

Sinto uma pontada de pânico. "Ben..."

Ele levanta a mão. "Não, me escuta. Você tem o direito de ir morar com Lance. Precisa seguir em frente. Mas eu também preciso, e não dá pra fazer isso tendo alguém sempre dizendo que sou um babaca superficial e mulherengo. Não dá pra fazer isso com alguém que pensa que pode ter *tudo*, mas eu não."

"Espera aí, Ben..."

Ele se inclina para a frente para olhar bem nos meus olhos, e a expressão em seu rosto é brutal quando diz o que jamais imaginei que fosse ouvir. Nossa palavra de segurança.

"Violoncelo."

E assim, do nada, meu melhor amigo deixa de fazer parte da minha vida.

26

BEN

Três semanas depois.

"Tem certeza de que pra você tudo bem?"

"Pela última vez, sim", respondo. Em seguida abro o sorriso mais simpático de que sou capaz pra disfarçar meu tom de voz irritado.

Mas, falando sério, ela já perguntou umas vinte vezes, de um monte de jeitos diferentes. Se eu tiver que ouvir isso mais uma vez...

E claro que por mim tudo bem.

Por que eu não ia querer sair para jantar com minha melhor amiga — ex-melhor amiga — e o namorado dela?

Parece uma *ótima* ideia.

Abro a porta do restaurante italiano bacana de que Lori vem falando sem parar a semana toda e deixo que entre primeiro.

Não sou muito fã de lugares lotados nem de toda a onda em torno dos restaurantes "da moda", mas Lori conhece alguém que conhece alguém, e está agindo como se conseguir uma reserva numa sexta à noite fosse digno de um prêmio ou coisa do tipo, então tento não estragar sua empolgação.

O lugar está cheio e barulhento, o que eu meio que detesto, mas o cheiro está ótimo, então tento me concentrar nisso.

Lori diz (grita) seu nome para a hostess, que aponta para o fundo do salão. Ela faz um sinal com a cabeça me pedindo para segui-la.

Respiro fundo e me espremo por entre as mesas pequenas e próximas demais umas das outras, tentando me preparar para o que vem a seguir.

E então a vejo.

Quando ponho os olhos em Parker, todas as intenções de olhar a coisa pelo lado positivo desaparecem.

Acho que não consigo fazer isso.

Mas, obviamente, tenho que fazer.

Lori e eu já saímos várias vezes juntos, e fiquei oficialmente sem desculpas para me safar desse programa.

Parker e Lance levantam ao nos ver.

Ela dá um abraço em Lori, enquanto Lance me dá a mão daquele jeito estranho de dois caras que não têm muita intimidade.

Se Lance ou Lori perceberam que Parker e eu não nos olhamos, muito menos nos cumprimentamos, preferem não falar nada.

"Este lugar é lindo", Parker comenta quando nos sentamos à mesa pequena demais. Ela e Lori ficam de frente uma para a outra.

Isso me deixa perto de Parker, o que me parece melhor que ter que ficar olhando para ela o tempo todo.

Lori não sabe da nossa briga. Pela expressão tranquila no rosto de Lance, acho que ele também não, então basta fingir um pouco.

Parker está falando agora, e só tenho que parecer prestar atenção.

Ela está usando uma regata decotada e um monte de colares. Nada muito especial. Seus cabelos estão presos em um rabo de cavalo e usa uma maquiagem leve.

Está bonita, e isso me irrita. Não quero que seja infeliz — não muito —, mas também não precisava aparecer *assim*. Toda linda, radiante e... feliz.

"Que bom que a gente conseguiu vir aqui hoje", Lori diz. Meu Deus, ela ainda está falando do restaurante? "Dava pra ter conseguido um horário melhor na semana que vem, mas Ben vai pro Michigan."

Parker olha para mim, surpresa. "Vai pra casa dos seus pais?"

Então é a vez de Lori e Lance parecerem surpresos, porque normalmente — tipo, *antes* —, Parker sabe todos os detalhes do que vou fazer.

Tomo um gole de água. "As passagens ficam caras demais no feriado de Ação de Graças, então vou no fim de semana anterior. Assim posso agradar meus pais sem gastar toda a minha poupança numa viagem de avião."

"Claro", ela murmura.

Desconfio que, mais do que ninguém, saiba o quanto eu queria evitar essa viagem.

E, sim, sei que não é muito legal da minha parte pensar assim. Quase nunca vejo meus pais, e aparecer uma vez por ano num feriado não é pedir muito.

É que sempre volto dessas viagens me sentindo péssimo. Quatro dias seguidos de versões passivo-agressivas de "E então, quando é que você vai parar de viver só na farra?" fazem isso com a pessoa.

"Sei como é", Lance comenta. "Meus pais vão pagar a minha passagem e a da Parker pra Boston no feriado, então a questão do dinheiro não vai pesar, mas, cara, *odeio* viajar nessa época."

É minha vez de virar surpreso para Parker, mas ela está com os olhos vidrados na chama da vela sobre a mesa.

O Dia de Ação de Graças é um evento importante para os Blanton.

Quer dizer, *todas* as famílias gostam de se juntar para comer peru, mas esse é o feriado favorito de Sandra, que costuma caprichar na comemoração.

Mais que no Natal.

Não acredito que Parker vai faltar para ir visitar a família de Lance. Lance, que deu um pé na bunda dela dois meses atrás. Lance, que...

Meus pensamentos são interrompidos pela chegada do garçom, que fala dos pratos do dia, com coisas de que nunca ouvi falar, anota nossas bebidas — muito necessárias — e se manda, devolvendo todos nós ao nosso constrangimento.

Pelo menos na *minha* opinião.

Lori e Lance parecem nem perceber que estão mantendo a conversa viva sozinhos.

Provavelmente porque ela é muito boa de conversa.

Isso foi uma coisa que aprendi nas nossas duas semanas de "namoro", se é possível chamar assim.

Não que tenha rolado muita coisa. Só um ou outro jantar. Almoços juntos no trabalho. Ela foi até minha casa uma noite para ver um filme.

Mas... nada de sexo. Nada que chegasse perto disso.

Dá para perceber que está intrigada, mas ainda não tocou no assunto. Me sinto meio culpado. Deve estar pensando que estou querendo dar uma de cavalheiro, mas na verdade...

Não estou a fim de transar com Lori. Nem com ninguém.

Olho para Parker e Lance, e imagino como está a vida sexual deles. Isso acaba com meu apetite. Como dizem que a comida daqui é ótima e essa pode ser a única parte boa da noite, faço força para afastar o pensamento.

As coisas seguem tranquilas durante a primeira rodada de bebidas.

E as entradas. Mas, quando chegam os pratos principais, tudo começa a ir ladeira abaixo.

"Então, Ben", diz Lance, cortando um pedaço do seu filé enquanto olha para mim. "Sou obrigado a dizer que, quando Parker me contou que você e Lori estavam namorando, quase caí da cadeira."

"Poxa, valeu, Lance", Lori responde, sarcástica.

"Não por sua causa", ele diz com uma piscadinha. "Só achei que o Ben não tivesse a menor intenção de namorar."

"De onde será que você tirou essa ideia?", comento, lançando um olhar para Parker.

Ela para de enrolar a massa no garfo e estreita os olhos para mim. "Imagino que do seu histórico. Me ajuda a lembrar, quando foi a última vez que você saiu mais de uma vez com uma garota? Uns quatro anos atrás? Cinco? E você não a traiu com..."

"Ei, calma aí", Lori diz com uma risadinha. "Todo mundo faz bobagens na faculdade e dormiu com gente que não deveria..."

"Fez amizade com quem não deveria", murmuro ao dar uma mordida na carne de porco.

O garfo de Parker bate com força no prato, mas ela pega a taça de vinho para disfarçar, e o restaurante é tão barulhento que ninguém repara.

Só eu.

Também percebo sua expressão magoada, e me arrependo na hora. Essa briga é uma idiotice. Eu entendo. Seis anos de amizade sólida e perdi a cabeça só por achar que ela pensou que eu não quisesse namorar.

Mas, *porra*, doeu.

O fato de não conseguir nem imaginar que eu podia namorar.

O fato de nem cogitar que, se eu gostasse de alguém, trataria a pessoa como se ela fosse tudo para mim.

O fato de não me achar bom o suficiente para isso.

Fui o brinquedinho dela por um tempo, e foi mais do que legal. Entrei nessa sabendo onde estava pisando, e bem contente com a situação.

Mas, até aquela conversa no quarto naquele dia, eu não tinha percebido que *só* me via como um brinquedinho.

Foi duro.

Assim como deve ter sido pra ela ao ouvir meu comentário infeliz sobre as amizades da faculdade.

Mas não estou arrependido. Não ao ver Lance apoiar o braço nas costas da cadeira dela enquanto conta uma história entediante sobre uma exposição de arte que os dois visitaram ontem.

A única vez em que Parker e eu fomos a uma exposição de arte foi para tirar sarro das obras, mas se o *namorado* dela gosta...

"O que vocês vão fazer no fim de semana?", Parker pergunta, apoiando os cotovelos na mesa e sorrindo para Lori.

Lori me dá uma olhadinha apreensiva de canto de olho. "Ah, sei lá. Não temos planos, na verdade. Tenho o chá de bebê da minha irmã amanhã à tarde, depois..."

"Vamos ao Portland City Grill", interrompo.

Parker e Lori viram pra mim, e é difícil saber qual das duas está mais surpresa.

"Ah, é?", Lori pergunta.

Abro um sorriso lento e sedutor. "Era surpresa."

E então me sinto o maior babaca, porque ela abre um sorriso todo feliz, e percebo que estou brincando com os sentimentos de uma garota para alfinetar outra.

Desconfio que Parker sabe disso porque não parece mais magoada, só puta da vida.

Merda.

Além de dar uma falsa impressão a Lori sobre nosso "relacionamento" com um convite para um dos melhores restaurantes da cidade, agora tenho que tentar conseguir uma reserva e pagar a conta ridiculamente alta.

Tudo porque queria que Parker se lembrasse da *nossa* noite lá, quando ainda vivíamos despreocupados e felizes.

Merda.

Preciso pôr a cabeça no lugar.

Não consigo pensar nesta porra de lugar lotado e barulhento, então recorro ao expediente covarde de ir ao banheiro.

O problema é que Parker tem a mesma ideia e levanta junto.

Faço menção de sentar, mas Lori pega minha mão e dá uma risadinha. "Vocês podem ir ao mesmo tempo. Lance e eu somos perfeitamente capazes de conversar sem vocês."

Merda ao quadrado.

A Parker e o Ben de outros tempos não veriam problema em ir ao banheiro ao mesmo tempo. A gente nem pararia para pensar nisso.

Já a Parker e o Ben de agora...

Abro um sorriso forçado. Evitando maiores olhares, faço um gesto para ela ir na frente.

O salão lotado e o ruído dos fregueses alegrinhos impedem qualquer conversa. Quando entramos no corredor, está completamente deserto.

Seguimos em silêncio até os banheiros.

Correção.

Banheiro.

No singular.

O restaurante é pequeno, o que significa instalações pequenas, e portanto um banheiro compartilhado. "Vai você primeiro", murmuro.

Ela assente e passa por mim, mas, antes que possa fechar a porta, espalmo a mão sobre a madeira e a seguro, entrando junto com ela.

Fecho a porta atrás de mim, ficando a sós com Parker em um cômodo minúsculo iluminado apenas por velas aromáticas de lavanda ou outra merda parecida.

"Cai fora", ela diz, me empurrando pelos ombros. "Preciso fazer xixi."

"Precisa nada", retruco. "Só queria sair daquela mesa, assim como eu."

Ela não diz nada. "Não acredito que você foi meter a gente nessa. Por que não disse pra Lori que não gosta de comida italiana?"

"Porque *todo mundo* gosta de comida italiana. Por que *você* não contou que a gente brigou?"

"Por que *você* não contou? É o *namorado* dela."

Abro a boca para retrucar, mas percebo que minha falta de aptidão para a coisa foi o motivo de nossa briga, e me recuso a fornecer mais munição.

"Você e Lance parecem bem felizinhos", digo, maldoso. "Ele ainda não ficou entediado? Já esqueceu os motivos do primeiro pé na bunda?"

Merda. Fui longe demais.

Longe demais *mesmo*.

Mesmo se Parker não tivesse suspirado alto, eu saberia que tinha ultrapassado os limites.

Levo a mão ao seu braço, que recusa o toque. Mas na verdade não tem como, porque a porcaria do banheiro é tão pequeno que ainda estamos grudados. Os dois furiosos, os dois magoados.

"Desculpa", digo depois de longos instantes de silêncio carregado de tensão. "Foi um comentário bem filho da puta."

Ela olha para o chão e cruza os braços. "Tudo bem. Sei que agora você me odeia."

Sinto um aperto no peito. "Não. *Não*."

Dessa vez, quando minhas mãos a procuram, ela não se esquiva, e eu seguro seus braços e a chacoalho de leve. "Estou bravo, é verdade, mas não odeio você, Parks. Jamais."

Ela ainda se recusa a olhar para mim. "Você falou que nossa amizade estava acabada. Só por causa de uma briguinha. Isso não é amizade de verdade, Ben. Não algo que termina quando você se irrita."

Estou bem magoado com você, sinto vontade de dizer. *Você é minha melhor amiga. A pessoa que deveria dizer que eu seria o melhor namorado do mundo, que qualquer garota teria sorte de me ganhar. E não rir da minha cara quando digo que quero um relacionamento.*

"Desculpa", repito, porque não consigo dizer todo o resto.

Mas isso não basta. Sei que um pedido de desculpas não é o suficiente para amenizar o abismo que se abriu entre nós.

Principalmente porque nem entendo o que *é* esse abismo, e desconfio que tampouco Parker.

"É melhor você sair daqui antes que alguém veja", ela diz baixinho.

"Pois é." Mas não me mexo.

Nem ela.

Então chego mais perto, e minhas mãos sobem pelos braços dela.

Seguro seu rosto, puxando para junto do meu, aproximando nossas bocas...

Parker vira a cabeça.

"Não faz isso", ela diz num sussurro áspero.

Meu sangue parece congelar nas veias.

Mas...

Eu sei que ela quer. Está estampado no rosto dela. Sei porque *conheço* Parker. Ela me quer, e esse pensamento acende uma fagulha de esperança que eu nunca...

"Por favor, Ben", ela diz baixinho, com um olhar de súplica no rosto. "Não me transforma em alguém que trai o namorado."

Certo. *Certo.*

Ela está com Lance. De novo.

E eu meio que estou com Lori.

E, como nunca consigo negar nada a Parker, e no momento ela quer *Lance*, eu a solto.

Mas bem lentamente, deixando meus dedos acariciarem sua pele macia.

Então me afasto.

E deixo que ela saia, porque Parker é minha melhor amiga.

E porque gosto dela demais para fazer ainda mais estrago.

27

PARKER

Então.

Ben e Lori terminaram.

Se é que dá para dizer que em algum momento estiveram *juntos*.

"Não faz o menor sentido", Lori diz, batendo a caneta furiosamente contra o caderno, sentada ao meu lado na sala de reuniões. "A gente nem..."

Ela olha ao redor da sala quase vazia.

"Você sabe."

Tento esconder a alegria que essa notícia me causa.

Ben e Lori não foram para a cama.

Não deveria fazer diferença para mim, mas mal consigo respirar.

"Vai ver ele tem mais respeito por você do que pelas outras garotas", digo, caprichando na gentileza. "Sabe que você merece mais que só uma noite."

A caneta acelera. "Mas então por que terminar tudo? Tipo, ele não me vê nem como uma diversão temporária nem duradoura."

Contraio os lábios. "Me conta exatamente o que ele falou."

Ela me olha de um jeito estranho. "Já falei duas vezes. Sinceramente, é você que deveria estar me dizendo coisas. Ele é seu melhor amigo. Me explica o que se passa na cabeça dele!"

Fico hesitante. Ainda não contei a Lori que Ben e eu não estamos nos falando, e estou um pouco surpresa por ela não ter percebido, na verdade. Assim como Lance. Fico indignada. Nunca me senti tão sozinha, tão perdida, e duas das pessoas mais próximas de mim nem se dão conta.

E a pessoa que *deveria* ser a mais próxima de todas — meu melhor amigo — não pode nem ser considerado isso no momento.

"Ele só falou que mereço mais", Lori diz, encolhendo os ombros, depois que se torna óbvio que não tenho nada a acrescentar à conversa. "Não sei o que isso significa", ela continua. "Mais *o quê?* Então começou a falar sobre trabalho, família, e um papo de que o irmão mais velho ganhou um prêmio de serviço público que ele nunca vai ganhar, e um monte de outras coisas, mas eu só conseguia pensar: espera aí, então quer dizer que não vamos nem transar?"

Lori está sentada à minha direita, e escuto um suspiro dramático à minha esquerda. Viramos para lançar um olhar de irritação na direção de Eryn.

Tarde demais, percebo que nossa conversa, que começou com sussurros, foi aumentando de volume à medida que Lori se mostrava mais e mais chateada.

Eryn confirma que ouviu tudo soltando um comentário ácido: "Vocês sabiam que existem lugares melhores que a sala de reunião para falar sobre a vida amorosa?".

Lori levanta um dedo, e não sei se está entrando ou não no modo diva, mas eu o abaixo com um gesto discreto. "Você ouviu muita coisa?", pergunto a Eryn.

Ela não parece nem um pouco envergonhada quando vira pra gente, então dá uma olhada para se certificar de que nossa chefe ainda não chegou e que as duas únicas outras pessoas presentes estão no canto oposto da mesa gigantesca, uma falando ao telefone, outra aparentemente jogando palavras cruzadas on-line.

"Vocês estão falando sobre Ben Olsen, certo? O amiguinho da Parker?"

Nem Lori nem eu confirmamos, mas ela prossegue mesmo assim. "É óbvio o que está rolando com ele. Complexo de inferioridade."

Solto uma risadinha de deboche. "Você cruzou com ele aqui no prédio da empresa o quê? Cinco vezes?"

"E em todas as vezes que ele acompanhou você nos happy hours e em outros eventos. Tenho que me ocupar com alguma coisa enquanto vocês me ignoram, então fico observando tudo."

Sinto uma pontada de culpa. Eryn é tão irritante que nunca me dei conta de que podia se sentir excluída.

De fato, não sei se todo mundo a exclui por ser irritante ou se ela age de modo irritante por se sentir excluída.

"Ele acabou de ser promovido, né?", Eryn confirma.

Lori arregala os olhos. "Desde quando você vem escutando nossas conversas?"

Eryn dispensa o comentário com um gesto. "Desde sempre. Vocês falam muito alto e parecem não perceber que as divisórias dos cubículos só chegam até o peito. E não são exatamente à prova de som. Enfim, então Ben foi promovido há pouco tempo e se recusa a contar para as pessoas, ou seja, ele acha que não merece. Além disso, depois de galinhar por aí, finalmente encontrou alguém legal..." Eryn lança um olhar cético na direção de Lori. "Então termina tudo porque acha que ela merece mais..."

Fico olhando para ela, com os pensamentos a mil.

Eryn dá de ombros mais uma vez, muito convencida. "Como eu falei, complexo de inferioridade. O cara acha que não serve pra nada, que não merece nada de bom."

Lori começa a esbravejar com Eryn, dizendo que deveria cuidar da própria vida, mas eu me recosto na cadeira e começo a pensar em tudo o que ela falou.

Ela nem conhece Ben, mas pode estar certa.

Ai, meu Deus.

A briguinha de Lori e Eryn é interrompida pela chegada da nossa chefe, e tento me concentrar na reunião. De verdade.

Mas as palavras de Eryn ficam se repetindo na minha mente. *O cara acha que não serve pra nada, que não merece nada de bom.*

De repente começo a repassar tudo o que aconteceu.

O fato de negar ser merecedor da promoção.

Sua recusa a contar para as pessoas.

Então me dou conta de que ele se fecha em si mesmo *toda vez* que vai visitar sua família perfeita.

Penso que tira o foco de todas as coisas importantes que faz, se concentrando em brincadeirinhas sobre suas habilidades em *Call of Duty* e suas proezas na cama.

E, o pior de tudo, penso na briga que tivemos na véspera da minha mudança.

Quando ridicularizei a ideia de que ele poderia namorar.

Minha reação foi uma resposta ao choque — talvez ao ciúme —, mas e se Ben tiver compreendido de outra forma?

E se achar que não penso que seria um bom namorado?

E se ele achar que não acredito que ninguém ia querer namorar com ele?

Esses pensamentos deixam meu coração apertado, porque estamos brigados no momento. Sei que Ben se importa com minha opinião, assim como eu com a dele.

Eu sou — ou *era* — importante para Ben, e falei que ele só servia para pegação e mais nada.

E esse lance com Lori...

Será que ele não se acha bom o suficiente pra ela?

Quanto mais penso no assunto, mais me irrito, porque Ben seria um companheiro incrível para *qualquer um*.

Ele é o *máximo*.

Mas, quando começo a me empolgar, vem o desânimo.

Houve um tempo em que eu poderia defender Ben. Ser a pessoa que o procuraria neste exato momento e faria um monólogo animado sobre estar sendo um idiota, e sobre como seria uma enorme sorte para qualquer garota ser sua namorada.

Eu poderia ter feito isso na época, mas as coisas mudaram. Porque tenho medo de acabar dando com a língua nos dentes. De dizer o que não devo.

Tipo que *eu* quero ser essa garota.

28

BEN

No fim eu até gosto de morar sozinho.

O esquema de dividir a casa com John não deu certo. O dono do lugar onde ele mora surtou com a ideia de ter o imóvel desocupado e ofereceu um preço ótimo pra ele renovar o contrato e ficar por lá.

O que significa que ainda estou à procura de alguém pra dividir a casa, mas sem muita pressa.

Parker teve a decência de se oferecer pra pagar dois meses de sua parte no aluguel como uma espécie de aviso prévio. Além disso, a promoção que recebi no trabalho deu uma boa aumentada no salário.

Pela primeira vez na minha vida, dinheiro não é um problema. Parece uma coisa bem... adulta.

A renda extra não alivia a dor de ter estourado o cartão de crédito na outra noite no Portland City Grill.

Não que o jantar com Lori tenha sido desagradável.

Foi legal.

Mas foi quando me dei conta de que ela merecia mais que "legal".

Lori é ótima, merece mais do que um cara que só concordou em sair com ela para irritar uma amiga.

E é aí que está o problema.

Só topei tentar alguma coisa com ela para provar que Parker estava errada, mas no fim me dei conta de que não fazia a menor diferença, porque minha suposta melhor amiga não ligava se eu namorava, ou com quem.

Parker seguiu em frente. Saiu de casa.

"Está a fim de fazer alguma coisa?" Apesar de não morar comigo, John passa um bocado de tempo aqui, porque minha tv é maior.

Dou uma olhada no relógio. São oito da noite de um sábado, mas não quero nada além de ficar exatamente onde estou, vegetando no sofá, pensando se quero pizza de pepperoni ou calabresa.

E é nesse momento que me dou conta de que *preciso* sair. Tenho que deixar para trás essa fase bizarra.

E tenho que *transar*.

Não encostei em uma garota desde aquela noite em Cannon Beach com Parker — a que considerei tão importante, mas só me ferrei por isso.

Tiro as pernas de cima da mesinha de centro. "Tá", digo a John. "Vamos sair."

Uma hora mais tarde, estou de volta ao meu habitat. E, com o perdão do clichê, conquistar garotas é como andar de bicicleta. A gente nunca esquece.

Se eu estiver captando bem os sinais — o que em geral acontece —, no fim da noite vou poder escolher entre duas loiras bonitinhas, uma latina maravilhosa e uma morena linda. Mas logo a descarto, porque parece demais com Parker.

Parker, com quem não falo desde aquela noite no restaurante.

A gente se cruzou uma ou duas vezes. Estávamos na mesma fila do Starbucks outro dia, e sou obrigado a admitir que fingi que não a vi.

Mas não chega a ser uma vergonha *tão* grande, porque acho que ela fez a mesma coisa.

"E aí, Olsen?" Viro e abro um sorriso antes de ver quem chamou meu nome.

"Oi, Lori!" Faz mais ou menos uma semana que sugeri delicadamente que as coisas não estavam dando muito certo. Apesar de Lori estar linda, nunca é muito divertido dar de cara com uma ex, mesmo sem saber se podemos ser considerados isso.

"O que está fazendo aqui?", ela pergunta. Está falando um pouco mais alto do que o ambiente exige, o que me leva a acreditar que já tenha bebido umas e outras.

"Hã..."

"Estou brincando", ela acrescenta, antes que eu possa responder. "Sei exatamente o que está fazendo aqui. O mesmo que eu!"

Ela joga os quadris para o lado de um jeito engraçado. Dou risada, porque Lori não parece nem um pouco irritada por causa do que fiz.

"O movimento está fraco hoje, pelo menos de caras", ela comenta, olhando ao redor e então para mim. "Ou *estava*."

Os olhos dela se cravam nos meus, e só então me dou conta de que baixei a guarda cedo demais, porque a expressão especulativa em seu rosto revela algo que está muito claro em sua mente.

Ela quer sexo sem compromisso.

"Qual é?", Lori diz, dando um puxão de leve no meu braço. "Prometo que não vou mais obrigar você a me pagar jantares, só quero me divertir um pouco, sabe? Com alguém tão atraente quanto eu."

Olho para ela de cima a baixo, e nesse ponto concordo.

Ela é atraente mesmo. A blusa azul revela o contorno dos seus peitos com perfeição, terminando um pouquinho acima da cintura da calça e deixando um pedaço da barriga lisinha aparecer.

Lori é linda e divertida, e está garantindo que não quer nada além de uma noite de sexo e diversão, mas...

Não posso.

Preciso transar, é verdade, mas para parar de pensar em Parker. Como isso seria possível indo para a cama com uma amiga dela?

Não seria a coisa certa a fazer. Para nenhuma das partes envolvidas, principalmente Lori.

Ela percebe que vai ser rejeitada e estala os dedos como quem lamenta. "Enfim. Valeu a tentativa. Fica tranquilo, Olsen. Tenho um plano B."

"Ele é um cara de sorte", digo, com toda a sinceridade.

Lori dá uma piscadinha e começa a se afastar, então vira de novo para mim com um olhar curioso. "Uma perguntinha."

"Claro", respondo, dando um gole na bebida.

"Quando chamei você pra sair... foi por causa da Parker que aceitou? Em certo sentido?"

Abro a boca, mas as palavras não saem.

"E quando terminou comigo", ela continua, "foi por causa da Parker também, né?"

Ainda não sei o que dizer.

O sorriso de Lori ficando mais confiante. "E agora, quando recusou minha oferta..."

Balanço a cabeça devagar, porque me sinto na obrigação de ser sincero com ela. Sim. Foi por causa da Parker.

"Ela é minha melhor amiga", digo, pra que Lori não fique com a impressão de que signifique que tenho alguma intenção romântica com Parker.

Porque não é essa a questão.

Claro, as coisas ficaram meio esquisitas em Cannon Beach, e rolou algo... intenso. Mas, mesmo assim, ela continuou sendo Parker.

Lori solta um grunhido autodepreciativo. "Minha nossa, como é que eu pude ser tão cega?"

Então ela parece se animar um pouco, e seus olhos azuis se cravam em mim. "Mas não tanto quanto você. Nem de longe."

"Como assim?", pergunto.

Mas Lori já está se afastando de mim, dando um aceno de despedida ao passar por um fortão encostado na parede.

"Dane-se", murmuro.

Viro de novo para o bar e fico aliviado ao ver que meus alvos originais ainda estão lá. Só porque não aceitei a oferta de Lori não significa que não quero me divertir com uma desconhecida.

Sexo com gente avulsa é exatamente do que preciso agora.

Na verdade, é o que *sempre* quis. E maldita seja Parker por estragar tudo com seu papinho de que sexo precisa ser divertido e "você precisa querer conversar com a pessoa depois".

Sexo é sexo.

Conversa é conversa.

São duas coisas distintas que não devem ser misturadas, como eu e Parker comprovamos de forma tão desastrosa.

O lugar dos sentimentos com certeza não é na cama.

No fim, me decido pela loira baixinha, uma assessora de imprensa simpática que acabou de aceitar uma oferta de emprego em Austin e deixou *claríssimo* que está a fim de uma última noitada em grande estilo antes de mudar.

A garota praticamente tem "sexo sem compromisso" escrito na bunda redonda e empinadinha.

Cinco minutos depois, pago a conta do bar e me despeço de John, que também parece prestes a se dar bem. Estou pronto para ir embora com Ana quando meu celular vibra no bolso de trás da calça.

Pego o aparelho com a intenção de colocar no silencioso, mas meu dedo fica paralisado quando vejo o nome escrito na tela.

Parks.

Faz tanto tempo que ela não me liga, não escreve, não *fala* comigo, que por um breve momento abro um sorriso, mas então me lembro do estado atual da nossa amizade.

Digo a mim mesmo para ignorar o celular. Tento me convencer a me concentrar em coisas mais simples, como Ana.

Mas meu cérebro não dá bola, porque meu polegar desliza na tela e levo o telefone ao ouvido, apesar de não conseguir dizer nada.

Não sei o que falar.

"Ben?"

Detenho o passo, porque reconheceria esse tom de voz em qualquer situação. Ela está chorando.

Automaticamente, meu instinto vem à tona.

Eu faria qualquer coisa por ela, mesmo agora.

Principalmente agora.

Eu faria qualquer coisa por você, Parker.

"Pode falar", digo.

"É minha mãe." O tom de voz dela é baixo e assustado.

Meu coração dispara.

"O câncer voltou. E... é bem grave."

"Onde você está?"

"Na casa dela. Não precisa vir. Eu só... só queria... eu precisava..."

"Chega, Parks. Estou indo aí."

E assim, do nada, eu me dou conta. Faria qualquer coisa — qualquer coisa *mesmo* — para ter minha melhor amiga de volta.

"Quem era?", Ana pergunta quando desligo.

"Uma amiga."

"Parecia ser bem mais que isso", ela comenta com certa indiferença, mascando um chiclete.

Fico olhando para a garota, com os pensamentos girando.

Me parece uma coisa ridícula, mas absolutamente inquestionável, que essa pessoa quase desconhecida seja aquela que abriu meus olhos para a maior e mais importante verdade da minha vida:

Parker é mais que uma amiga.

Talvez *sempre* tenha sido isso.

É o tipo de percepção capaz de virar alguém do avesso, mas mesmo assim...

Não posso contar pra ela.

A não ser que queira perder Parker de vez.

29

PARKER

Não sei o que me fez ligar para Ben, e não para Lance.

Só sei que, quando abro a porta da casa dos meus pais e vejo meu melhor amigo parado diante da porta, sinto que tomei a decisão certa.

Ele confirma essa impressão quando entra, fecha a porta e, sem dizer uma palavra, me dá um abraço apertado.

Solto um suspiro trêmulo. Pela primeira vez em uma hora, me sinto... não exatamente bem, claro, mas capaz de enfrentar tudo isso.

Como se eu pudesse enfrentar *qualquer coisa* com Ben ao meu lado.

Meus dedos se agarram à sua camisa. Encosto a cabeça em seu ombro e consigo respirar pela primeira vez em horas.

Não, pela primeira vez em semanas.

Ele cheira a perfume de mulher, mas não ligo. Tudo o que importa é que está aqui.

Que veio.

Depois de tudo por que passamos, depois da maneira como falamos um com o outro, depois da forma imatura como jogamos anos de amizade pela janela por causa de um desentendimento bobo, ele veio. E está me abraçando.

Meus olhos se enchem de lágrimas. Ben leva as mãos ao meu cabelo. "Não chora."

Mas é claro que faço justamente isso. Soluço até. Ele sabia que seria assim.

Ben me deixa chorar, sem dizer nenhuma frase vazia, do tipo "vai ficar tudo bem". Sem tentar me acalmar. Só me abraça.

Depois de um tempo, fungo horrivelmente. Ele olha para sua camisa branca, agora suja de base e rímel.

Ele aponta para o próprio peito. "*Essa* é uma coisa de que não senti falta."

Abro um sorrisinho.

"Vou buscar a caixa de lenços tamanho família", ele comenta, passando a mão no meu braço antes de ir para o banheiro. Então interrompe o passo e vira de novo pra mim. "Parker?"

"Oi?"

Enxugo os olhos na manga do moletom.

Ele aponta de novo para a camisa. "Essa foi a *única* coisa de que não senti falta."

Me derreto por dentro ao ver o afeto em seus olhos. O pedido de desculpas estampado em seu rosto.

E de repente estamos numa boa de novo. Tenho absoluta certeza disso.

Sento no sofá e logo depois ele reaparece com a caixa de lenços prometida. Ben a joga no meu colo antes de se acomodar ao meu lado. "Onde estão seus pais?"

"Lá em cima", respondo, olhando para as mãos. "Da última vez que passamos por isso, minha mãe foi bem corajosa e otimista, mas agora..." Engulo em seco. "Ela não saiu do quarto desde que recebeu a notícia."

Continuo olhando para as mãos antes de prosseguir. "Meu pai que teve que me contar. Quando fui falar com ela... a gente só chorava."

Isso me faz cair no choro de novo, e Ben mais uma vez recorre a um abraço, porque é muito bom nisso.

"Está nos gânglios linfáticos", explico quando o acesso de choro passa. "O tratamento vai começar imediatamente. Um negócio que pelo jeito já deu certo algumas vezes, mas ainda estão usando a palavra 'experimental'", consigo dizer.

Seis meses. Talvez um ano.

Ben me solta e se inclina para a frente.

Ele junta as mãos, baixa a cabeça e fecha os olhos com força.

Só então percebo que não sou a única arrasada com a notícia. Ben adora minha mãe.

Ponho a mão em suas costas, para que ele saiba que tem meu apoio assim como tenho o seu.

"Ela é forte", Ben diz. "Vai lutar."

"Eu sei", digo. "É que... Nossa, Ben, não sei se consigo passar por isso de novo. Os cabelos dela caindo, os enjoos, a perda de peso, a palidez."

"Ela vai superar", ele garante, virando para mim e segurando minhas mãos. "Porque você vai estar o tempo todo ao lado dela. E seu pai. E eu. E Lance", ele complementa, mas sinto que só por obrigação, como algo menos importante.

Todos os pensamentos que borbulharam dentro de mim no último mês vêm à tona. Sinto necessidade de falar.

Porque tenho coisas a dizer a Ben.

Coisas que não sei como expressar, mas não importa, porque meu coração está *transbordando* de sentimentos — de tristeza pela minha mãe e por mim, mas não só.

Coisas importantes.

E que só agora estou começando a entender.

"Ben, eu preciso..."

"Você deveria ligar pro Lance. Ele precisa vir pra cá", Ben diz, me cortando, então sorri. "Desculpa. Você primeiro."

Mas minha coragem passou. Eu aqui tentando confessar que acho que posso... que *sinto*... E ele vem falar do meu namorado?

Mas o pior é que está certo. Preciso mesmo ligar. Não só por Lance, mas também porque acabei de trazer Ben de volta pra minha vida. Não posso me arriscar a perder meu melhor amigo de novo quando nem tenho certeza do que se passa.

Então faço exatamente o que Ben sugeriu.

Pego o celular e ligo pro meu namorado.

E tento com todas as forças soterrar os sentimentos que só podem causar problemas.

30

BEN

Um mês depois.

Parker e eu estamos de volta ao normal.

Ela ainda está morando com Lance, claro, então não dividimos mais a mesma casa.

Mas de resto está tudo como antes de começarmos a transar.

As brincadeiras, as risadas, a conversa fácil.

As caronas. Ela vem me pegar toda manhã em seu carro hippie, me traz de volta no fim da tarde, e assunto nunca falta.

Como antes.

Os Blanton me convidaram para passar o Natal com eles, e fiquei tentado a ir. Principalmente considerando a situação de Sandra.

Mas, no fim, acabei indo visitar minha família no Michigan. Foi meu primeiro Natal lá desde que me formei.

E foi importante.

Um recomeço, não apenas para diminuir minha dependência de Parker e sua família, mas também para me reaproximar da *minha* família.

Acho que fiz alguns avanços. Durante as festas, fiz um esforço para me colocar de igual para igual em relação aos meus irmãos — fazer todos entenderem que, só porque decidi escolher outro caminho, não significa que não possa ser bem-sucedido.

Minha mãe ainda não conseguiu aceitar por inteiro minha decisão de não me tornar advogado apesar de "todo o sacrifício" que ela fez, mas consegui um belo avanço com meu pai e minha madrasta. O suficiente para ficar ansioso pela visita que eles ficaram de me fazer em fevereiro.

Considerando tudo, minha vida está boa como não ficava fazia tempo — deixando de lado, claro, o fato nada irrelevante de que tenho sentimentos muito, muito complicados por minha melhor amiga.

Sentimentos que me devoram quando estou sozinho à noite, quando a solidão e a escuridão me imploram para que confesse para ela o que sinto.

Mas, quando nos vemos no dia seguinte e ela conta uma história engraçada sobre ter sujado até o teto de vitamina em uma tentativa de fazer o café da manhã para Lance, lembro a mim mesmo que, se gosto mesmo dela — e gosto, mais do que tudo —, preciso permitir que seja feliz.

E a felicidade dela é Lance.

O que me leva à notícia que estou prestes a dar...

Parker já está acomodada no assento do motorista, digitando no celular, quando entro no carro depois do trabalho.

"Ei, que tal um karaokê hoje à noite?", ela pergunta quando me acomodo no banco.

"Claro", respondo, afivelando o cinto de segurança. "Quem vai?"

"Eu, você e Lance, claro..."

Claro.

"E Lori, com o namorado e a irmã. Ah, e uma garota do trabalho, Eryn."

Enrugo a testa. "Pensei que a gente detestasse Eryn."

Parker levanta um dedo. "A gente *detestava* Eryn. Agora a gente só acha que Eryn precisa de amigos."

"Entendi. Bom, Eryn está com sorte, porque eu sou um *ótimo* amigo."

"Com certeza", Parker concorda. "A não ser quando..."

Ponho a mão em sua boca para fazer com que fique quieta, então deixo os folhetos que estavam na minha mão em seu colo.

Parker olha para baixo. "O que é tudo isso?"

"É uma brincadeira nova de que ouvi falar", respondo. "Acho que chamam de 'leia'."

Ela me ignora, folheando tudo e logo percebendo do que se trata.

Parker levanta os olhos. "Pós em administração."

Dou de ombros. "Decidi que está na hora de aceitar o fato de que adoro meu trabalho, e estou a fim de um desafio. Achei que poderia ser, tipo, minha volta por cima, já que levei a faculdade muito nas coxas. Quero me destacar agora."

195

O rosto dela se acende enquanto falo, e meu peito se enche um pouco, claro, porque dá para perceber que está orgulhosa.

"Já pensou em qual vai ser sua especialização ou vai começar com um currículo mais genérico e..."

Ela se interrompe, e eu fico tenso, ciente do que está prestes a acontecer.

Então ergue os olhos, e agora a expressão em seu rosto é de confusão. "Todos esses cursos são em Seattle."

"Pois é", respondo, tentando parecer despreocupado. "Tem faculdades muito boas lá, e..."

"E tem faculdades muito boas aqui. Em Portland."

Ela é teimosa. E linda.

"Mas Seattle fica a duas horas daqui, só", rebato. "É fácil ir de fim de semana."

Essa é a vantagem. Vou estar perto o suficiente para continuar, bom, *perto* de Parker. Para dar meu apoio quando for preciso. Mas também vou conseguir manter um pouco de distância.

O suficiente para superar meus sentimentos por ela. Espero.

"Mas e o trabalho?", Parker pergunta. "Você acabou de dizer que..."

"Tem uma vaga na filial de Seattle. Já disseram que, se eu quiser, posso ir pra lá."

"Você já decidiu tudo?" Parker parece atordoada. "Há quanto tempo está planejando isso?"

Ouço o que ela não diz:

Sem me contar.

Entendo sua perplexidade. Houve um tempo em que contávamos tudo um para o outro. Mas não posso continuar fazendo isso. Preciso ser mais... cauteloso.

É uma questão de autopreservação.

E talvez seja egoísmo, mas mudar para Seattle é uma forma de manter a melhor parte da nossa amizade sem que eu morra por dentro no processo.

"Bom, fico feliz por você", ela diz. "E adoro Seattle! Posso ir pra lá o tempo todo. A gente pode ir ao Pike Place Market e..."

Vejo as lágrimas se acumulando, então ponho a mão sobre a sua. "Só preciso de uma mudança de ares, Parker. Você entende, né?"

Ela dá uma fungada. E aperta minha mão. "Entendo. Se é isso que você quer, fico feliz. *De verdade*."

Abro um sorriso, porque sei que suas palavras são sinceras. Porque, depois de tudo por que passamos, esse é um detalhe crucial que aprendemos sobre nós. Vamos sempre colocar a necessidade do outro em primeiro lugar. Sempre.

Quando percebemos que estamos de mãos dadas no estacionamento do trabalho, nos afastamos às pressas. Certo, nem *tudo* está como era. Não nos tocamos mais. Quando isso acontece, em um momento de distração, o clima fica esquisito.

Em um entendimento tácito, não conversamos sobre minha mudança para Seattle durante a volta para casa, nos concentrando no recall de um short de corrida que a firma precisou fazer, porque o troço causava alergia e assaduras.

"Lance e eu podemos pegar você pra ir ao karaokê", ela diz. "Que tal às sete?"

"Não precisa, eu encontro vocês lá", respondo.

Estou lidando muito bem com o relacionamento deles. O melhor que posso. Mas evito os dois juntos sempre que possível. Como disse, é uma questão de autopreservação.

O restante do dia passa depressa. Academia. Banho. Uma ligação da minha irmã para falar sobre o cara *incrível* com quem está saindo. Lavo roupa, uma coisa que odeio mais do que nunca.

Ainda estou morando sozinho. Vivo pensando em colocar um anúncio em busca de alguém para dividir a casa, mas sempre acabo fantasiando que Parker pode decidir voltar e arrumo uma desculpa para adiar tudo.

É como eu falei. *Preciso* ir para Seattle. Tenho que seguir em frente com minha vida, fazer com que nossa relação volte a ser platônica, sem qualquer desejo latente.

Quando apareço no karaokê, às sete, estou meio irritado, e me arrependo de ter aceitado o convite.

Mas a coisa fica ainda pior.

Lance acaba sentado entre mim e Parker.

Um puta pesadelo.

Por sorte, o restante do pessoal é animado e divertido, e começo a relaxar, apesar de Lance não parar de mexer no brinco de Parker, como um imbecil.

Converso com Eryn, que pelo jeito eu já conhecia, mas nem lembrava. Até que ela é divertida, de um jeito "sério mesmo que ela disse isso?".

Parker finalmente consegue se desvencilhar dos dedos de Lance em seus brincos, e as garotas se dirigem para o palco para cantar uma música meio girl power que não conheço muito bem, enquanto a gente fica na mesa, aproveitando para beber bastante, caso sejamos arrastados para o palco em seguida.

"Nunca vim com Parker num karaokê", Lance grita no meu ouvido. "Sempre achei bobagem. Mas ela é boa nisso, hein?"

Assinto, porque, *porra*, claro que Parker é boa, e olha que com essa música não consegue mostrar todo o seu talento. Só precisa pular e berrar.

Começo a pensar em nossa seleção habitual de duetos, então me dou conta de que talvez isso esteja fora de cogitação agora.

Como Lance nunca veio a um karaokê com a gente, não sabe como somos bons juntos. No palco.

O que me faz ter vontade de mostrar a ele.

E para Parker também. Quero que se lembre disso.

Mas a oportunidade não vem. Lori e o namorado cantam uma versão desafinada de "Yellow Submarine", que fica um horror.

Eryn sobe no palco e canta uma música country supostamente romântica que na verdade parece falar de um stalker, mas não dá para ter certeza.

Parker tenta arrastar Lance para o palco, mas ele se recusa terminantemente. Os olhos dela se viram para mim antes de se voltarem para Lance. Por sua expressão cautelosa, imagino seu conflito interior. Ela quer cantar comigo, mas também acha que pode não ser uma boa ideia.

Lori a tira desse dilema. "Ei, Parks, sobe lá e canta uma balada."

"Uma balada?", pergunta Eryn, franzindo o nariz. "Desanimado, não?"

"Não quando Parker canta", Lori garante. "Você vai ver. Fica todo mundo em silêncio, só olhando, admirado."

"Vai lá, gata", Lance incentiva. "Adoro sua voz."

Ele está olhando no celular quando diz isso, então preciso me segurar para não revirar os olhos. *Babaca.*

Mas, se não posso cantar com Parker, pelo menos vou ter o consolo de ouvir sua voz — e *só* a sua.

Levanto os olhos e fico surpreso ao notar que ela está me encarando. Quase como se pedisse minha permissão, sei lá para quê.

"Vai lá", digo, levantando minha bebida.

Parker morde o lábio e continua me olhando. Fico me perguntando se alguém mais acha essa situação esquisita, então ela sobe no palco.

"Espera aí, a gente ainda não escolheu a música!", Lori grita atrás dela. "Ai, droga, espero que seja Adele."

Não é.

A música que ela escolhe me faz respirar *fundo*.

Não é uma da moda. Longe disso. "I'll Stand by You", dos Pretenders.

No primeiro ano de faculdade, quando a gente estava começando a se aproximar, fiquei bêbado uma noite. Não completamente estragado, mas num clima de falar o que não deveria.

E num momento de fraqueza revelei que essa música melosa é minha favorita.

E não pensei mais nisso.

Mas Parker lembrou. Depois de todo esse tempo, ainda lembra.

Sua voz soa insegura no começo, mas ela vai ganhando confiança e o silêncio toma conta do salão. A pessoa responsável pela iluminação é bem cuidadosa, porque apaga todas as luzes que não estão em Parker.

Mal consigo respirar quando seus olhos encontram os meus. E ali ficam.

Apesar de ter centenas de pessoas no recinto, de Lance estar bem do meu lado, sinto que está cantando para mim. *Por* mim.

Não mexo um músculo enquanto ela canta.

Sobre amizade. Sobre apoiar o outro.

Seus olhos não desgrudam dos meus, e tenho certeza de que a música é pra mim. Pra gente.

E não é uma melodia pop sobre melhores amigos.

É uma letra ao mesmo tempo doce e amarga. Sofrida. Sincera.

Quando termina, as lágrimas escorrem pelo seu rosto. Vou negar isso até o fim dos meus dias, mas a verdade é que meus olhos estão meio marejados também.

É impossível não pensar que Parker acabou de se despedir. Não da nossa amizade, porque ela sempre vai existir, em maior ou menor medida.

Foi uma despedida de como a gente era. De como poderia ter sido.

A plateia enlouquece. Claro. Ela é a melhor cantora da noite, e o público reconhece isso.

"Porra, Lance, é melhor tomar conta dessa garota", o namorado de Lori grita em meio aos aplausos e assobios.

Olho feio para o cara, imaginando que está se referindo a mim, mas ele aponta para o salão. "Todo mundo vai dar em cima dela agora."

Fico tenso, mas Lance se limita a abrir um sorriso, sem se mostrar nem um pouco incomodado, totalmente confiante de que ela é... só *sua*.

Então me pego pensando se não foi tudo coisa da minha cabeça. Qualquer cara na plateia pode ter pensado que Parker estava cantando para ele.

O que me deixa bem deprimido.

Sinto alguém me olhando e levanto a cabeça. Para minha surpresa, é Eryn, com seus olhos pretos e intensos. Ela faz um aceno imperceptível, mostrando que entendeu tudo.

Um gesto de empatia.

Ela sabe.

Desvio os olhos e procuro uma desculpa para encerrar a noite mais cedo, então Lance me cutuca com o cotovelo. "Cara, vamos lá pegar mais uma rodada. Eu pago, mas preciso de ajuda pra trazer."

É a última coisa que eu gostaria de fazer no momento: passar tempo a sós com o cara que dorme com Parker todas as noites.

Mas então eu a vejo voltando para a mesa e percebo que, entre lidar com ele e ter que encará-la quando ainda estou comovido até o último fio de cabelo, prefiro a primeira opção.

Só que estou errado. Muito errado.

Lance pede mesmo mais bebidas para todo mundo, mas não foi por isso que me chamou junto.

"Então, vem cá um pouco", ele diz, apontando para um canto mais vazio do balcão. Olho para a atendente, mas como ela tem sete drinques para preparar, não tenho motivo para não atender o pedido bizarro do cara.

Mas deveria ter pensado em um motivo. *Qualquer um*.

Porque Lance, o babaca de merda que deu um pé na bunda da Parker não muito tempo atrás, tira uma caixinha vermelha do bolso e, depois de olhar ao redor para se certificar de que ninguém está vendo, abre para que eu veja.

Fico torcendo para que seja um par de brincos, um broche inútil, qualquer coisa.

Mas vejo o que eu mais temo se materializar na minha frente.

"Acha que ela vai gostar?", Lance pergunta, gritando pra se fazer ouvir, o que só reforça a bizarrice da situação. Que tipo de imbecil traz uma aliança de noivado para um karaokê?

Uma aliança de noivado.

Parker vai se casar.

Com Lance.

"Não vou fazer o pedido hoje nem nada", ele explica. "Só queria sua opinião antes. Ninguém a conhece melhor que você."

Pode apostar.

E, caramba, ela vai adorar. Tem um diamante perfeito (enorme) com um círculo de brilhantes menores em volta. É clássico, mas com muito brilho.

O cara acertou em cheio.

Eu me obrigo a me concentrar no que mais importa: a felicidade dela.

Encaro Lance. "Parker vai adorar."

Ele solta um suspiro de alívio. "Valeu, cara. Você não imagina como eu estava nervoso. Acho que não vou ficar tenso assim nem quando for pedir a mão da Parker ao pai dela. Porra, eu deveria pedir a *você*."

"Nada disso", respondo, grato pelo fato de a barulheira do bar impedir que ele perceba minha voz embargada. "Ela é sua garota. Sempre foi. Só tomei conta dela por uns tempos."

Nem me dou ao trabalho de arrumar uma desculpa, e não me interessa o que os outros vão pensar quando vou embora do bar sem nem ao menos me despedir.

Sigo direto pra casa e preencho as fichas de candidatura de todas as faculdades de administração de Seattle.

Então remeto pelo correio. Sem esquecer nenhuma.

31

PARKER

Lance "escondeu" a aliança na gaveta de cuecas.

Quer dizer, sem contar o clichê da coisa, ele não é capaz de levar em conta nem que quem lava as roupas sou eu? E não só lavo, mas seco e *guardo*.

Claro que eu ia encontrar a maldita aliança.

Mas no fim não faz diferença.

Não faz diferença se Lance estava torcendo para eu encontrar a aliança, no que seria a proposta de casamento menos romântica de todos os tempos, ou se ele é apenas distraído.

No fim, a caixinha vermelha foi o alerta de que eu precisava.

Não só de que não posso casar com Lance, porque disso já sei há um tempão.

Mas a caixinha me fez perceber uma coisa ainda mais perturbadora: Estou usando Lance.

Deito ao seu lado todas as noites, tentando me lembrar de como era ser apaixonada por ele, quando na verdade cada pensamento e cada sonho meu envolvem outra pessoa.

É claro que não revelo essa última parte quando termino tudo com ele.

Só peço para se sentar comigo quando chega em casa do trabalho e com toda a tranquilidade e gentileza digo que as coisas não estão dando certo.

A ironia da situação fica bem clara.

Não era minha intenção, mas dei um pé na bunda dele no mesmo local em que levei um alguns meses antes.

E sou obrigada a reconhecer que ele lida com a rejeição com muito mais dignidade que eu.

Nem ao menos parece surpreso. Como o conheço muito bem — quase tanto quanto conheço Ben —, estreito os olhos.

"Lance."

Ele ergue os olhos.

"Você não parece exatamente arrasado", digo com um sorriso leve. "Em especial considerando que encontrei uma certa aliança na gaveta da sua cômoda..."

Ele solta um grunhido e se inclina até encostar a testa no balcão da cozinha. "Sou um idiota."

"Porque ia me pedir em casamento quando acabamos de voltar? Sem nem ter transado ainda?"

Ele bufa. "Eu sei. Ia devolver a aliança. É que..."

Apoio o cotovelo na mesa e o queixo na mão. "É que..."

"Eu pensei que comprando a aliança... me comprometendo com você, ia conseguir esquecer..."

Ajeito minha postura na hora. "Ai, meu Deus. Você ainda é a fim da tal Laurel."

"Não!" Ele senta direito. "Não, eu... Sei lá. Faz tempo que a gente não se vê, mas ainda penso nela. Fico me perguntando..."

Então eu sorrio, ainda que seja um sorriso agridoce, e fico de pé. Me inclino para a frente e dou um beijo na testa dele. "Você deveria conversar com Laurel."

"Ela tem namorado."

Dou de ombros. "Mesmo assim. Acho que nós dois sabemos que é possível namorar uma pessoa pensando em outra."

Ele me olha com cuidado. "Ben?"

Engulo em seco.

E assinto.

Lance solta o ar com força. "Eu sabia. Aquela música no karaokê... foi pra ele, não foi?"

Meus olhos se enchem de lágrimas quando lembro. O mais estranho é que foi ontem à noite. Parece que tive uma vida inteira para pensar a respeito.

Não consigo parar de pensar no que senti despejando meu coração e minha alma ao cantar aquela música linda, de cortar o coração.

Ainda estou sob o impacto da agonia de ter contado a Ben como me sinto sem que ele soubesse que eu estava fazendo isso.

Meu coração acelera quando penso a respeito. E se Ben sabe?

Se Lance percebeu, por que não ele?

Ai, Deus. E se foi por isso que ele foi embora do nada ontem à noite?

Todo mundo achou que tivesse conhecido alguma garota no bar, uma hipótese que me irritou, mas essa outra é ainda pior. E se Ben percebeu o que eu estava tentando fazer e deu no pé?

Lance fica de pé e me acompanha até a porta.

Pego a mala que deixei perto da porta para este momento, quando deixaria o cara com quem um dia pensei que fosse casar.

"Tchau, Lance."

Ele se inclina para a frente e me dá um beijo no rosto. "Tchau, Parker."

E, de repente, está tudo acabado.

Acabou, e tudo bem por mim.

Talvez não "bem". Porque tem um buraco enorme no meu peito, o qual não está relacionado com o cara com quem acabei de terminar.

A melhor escolha seria ir para a casa dos meus pais. Ou de Casey. Ou de Lori.

Ou até um hotel.

Preciso pensar a respeito. Bolar um plano.

Entro no carro e vou até meus pais. Chegando lá, não consigo sair.

Dou a partida de novo.

Faço o caminho de volta, mas não pra casa de Lance.

Vou pra *minha* casa.

32

BEN

Eu costumava ser bom nisso, pegar garotas normais em bares.

Mas devo estar sem prática, porque a garota que está dançando na minha mesinha de centro — apesar de não ter música tocando — é totalmente *pirada*.

"Demi", eu digo, tentando manter o tom de voz o mais tranquilo possível. "Que tal eu chamar um táxi pra você?"

A única resposta que eu recebo é uma blusa atirada no rosto. A *dela*.

"Merda", murmuro. Não estou nem um pouco no clima.

"Quero dançar!", ela grita. "Vem, Blake!"

Coço o queixo. Juro por Deus que ela não parecia tão maluca no bar. Meio animadinha demais, mas não maluca.

Vai ver eu só estava desesperado pra pegar alguém. Pra me livrar da dor que não deixa meu peito.

"Só danço se você descer da mesa", minto.

Ela dá uma requebrada nos quadris, e seus dedos se dirigem à braguilha da calça jeans. Levantando a sobrancelha, enquanto Demi abre o primeiro botão, percebo que estou prestes a testemunhar um striptease não consentido.

Uma batida na porta me salva de ter que olhar quando ela vira lentamente, inclina o corpo e faz escorregar pela bunda a calça apertada.

"Por favor, que seja John", murmuro.

Vou ser obrigado a recorrer à força para tirar essa garota da minha mesinha de centro, e um par de mãos a mais viria bem a calhar.

Mas não é John.

"Parks! Oi!", digo, registrando a sequência de sensações que experimento a seguir, como pânico, alegria e perplexidade.

Porque conheço quase todas as expressões faciais de Parker Blanton, mas juro que nunca vi seu rosto como agora.

"Hã, está tudo bem?", pergunto.

Dou um pulo para a frente quando Demi, cheirando a perfume doce, vem me abraçar por trás. Ela ainda está de sutiã, graças a Deus. Mas não de calça.

"Quem é essa aí?", ela pergunta.

O sorriso de Parker é largo e simpático quando fixa o olhar em Demi. Opa. Essa cara eu conheço.

Coitada da Demi.

"Oi, eu sou a Parker." O tom de voz dela é amigável.

Demi franze o nariz. "Isso é nome de menino."

"Humm", Parker diz em um tom pensativo quando entra e põe a mala ao lado da porta. Uma mala bem grande. Fico me perguntando pra onde vai. "É mesmo? E o seu, qual é?"

"Demi!"

"Então, Demi." Parker junta as mãos e dá uma boa olhada nela. "Desculpa estragar sua noite desse jeito, mas meu irmão... ele não está muito bem."

Pela primeira vez, o sorriso fixo de Demi se desmancha. "Seu irmão?"

Parker aponta com o queixo para mim, e sou forçado a segurar o riso. "Ele é viciado em sexo, e deveria estar em reabilitação. Mas pelo jeito teve uma recaída."

Demi me lança um olhar apreensivo. "Gosto de sexo."

"Claro que sim, Demi", Parker responde. "Mas é que os gostos de Ben são meio... peculiares."

Demi passa a língua nos lábios, parecendo apreensiva. "Tipo... algemas?"

A risada de Parker soa um pouquinho condescendente. "Ah, não. Tipo *bonecas*."

Consigo segurar a risada, mas por pouco.

E Parker só está começando. "Ele curte ter as bonecas por perto quando, bom, quando está em ação. Gosta de pentear os cabelos delas. Coloca todas enfileiradas enquanto..."

"Obrigado", interrompo, "por me ajudar a me manter na reabilitação."

Parker dá um tapinha no peito. "É o mínimo que posso fazer. *Senti* que tinha alguma coisa errada quando disseram que você tinha deixado Polly."

Parker olha para Demi. "Polly é a boneca favorita do meu irmão. Deixaram que ele levasse uma, desde que não fizesse nada... esquisito."

A essa altura Demi já está a caminho da sala, voltando em tempo recorde com a calça ainda aberta e colocando a blusa às pressas.

"Obrigada", Demi diz ao passar por Parker, me ignorando completamente.

"De nada", ela diz com um sorriso. "Quer que eu chame um táxi?"

"Não, meus amigos estão num bar aqui pertinho."

"Então tá", Parker diz, com um aceno breve. "Tchau, tchau!"

Nós dois continuamos imóveis quando a porta se fecha atrás de Demi.

"Isso é uma vingancinha por causa da vez em que falei que *você* tinha uma coleção de bonecas?", digo por fim.

Mas Parker não está interessada em relembrar nada, porque me interrompe na hora.

"Falar ou calar?", ela pergunta.

"Eu, hã, oi?" Fico confuso com a reaparição do jogo. Em geral só o usamos quando a outra parte está com alguma coisa em mente.

E, apesar de *estar* com alguma coisa em mente, não é algo que eu possa falar...

"Não é *você* quem vai falar ou calar", ela explica. "Sou eu. Decide aí."

Como assim, porra?

"Por que eu decidiria se você vai falar ou não?", pergunto.

Ela me encara, bem séria. "Porque existe uma chance muito, muito grande de não gostar do que tenho pra falar."

O tom de voz dela não é animador, mas...

"Tem alguma coisa que você queira desabafar?", pergunto, cauteloso.

"Eu não estaria aqui se não tivesse."

Solto um suspiro longo e profundo. "Então manda."

Ela abre a boca, mas parece perder a coragem, porque fecha de novo. "Tem como a gente fazer isso lá na sala?"

"Hã, tudo bem", concordo, porque ela já está indo para lá.

"E uma bebidinha cairia bem!"

Será que preciso de uma também?

"É melhor pegar uma pra você também!", ela grita.

Ótimo.

Remexo atrás de uns restos de comida vergonhosamente velhos e encontro uma garrafa de espumante da época em que Parker morava aqui.

Tiro a rolha e despejo uma boa quantidade em duas canecas de café.

Fico me perguntando se não deixei esse espumante na geladeira exatamente para essa razão.

Na esperança de que ela viesse.

E aqui está ela. Estou feliz em ver Parker, de verdade. Mas é que... tenho a sensação de que seria melhor que não tivesse vindo.

Porque só consigo pensar em implorar para que não vá embora.

Mas antes temos que encarar o grande anúncio que a deixa toda aflita, andando de um lado para o outro pela sala, como um bicho enjaulado.

Ofereço uma caneca. Parker fica me olhando por um momento, mas não faz menção de pegar.

"Desculpa por não ter uma taça de cristal", digo. "Esta é a casa de um homem solteiro agora."

"Claro", ela responde. "Deu pra perceber pela garota, hã, parcialmente vestida."

Dou um gole enorme de espumante. Não é minha bebida favorita, mas meu estoque de cerveja já era, e preciso tomar alguma coisa.

"Só pra deixar claro, eu não sabia que ela era louca quando a gente veio pra cá", explico.

"Sei..."

O ceticismo em sua voz indica que ela pensa que ainda estou dormindo com metade de Portland. Abro a boca para retrucar, mas penso melhor e desisto.

A última coisa que uma mulher prestes a ficar noiva precisa saber é que seu melhor amigo ainda está apegado emocionalmente à sua última transa com ela.

Fico paralisado quando um pensamento terrível me vem à mente.

De repente, entendo por que Parker está aqui.

Entendo por que está tão tensa.

E sei por que acha que não vou gostar de ouvir o que tem para falar.

Porque não vou mesmo. E não quero ouvir.

Não quero ouvir que Lance a pediu em casamento. Não quero ouvir que vai casar com outro.

"Calar", digo, meio desesperado. "Não me conta nada."

Ela pisca várias vezes. "Mas você disse..."

"Mudei de ideia. Não quero ouvir."

Sei que é egoísmo da minha parte. Claro que sei.

Em algum momento vou acabar ouvindo e vou dar os parabéns para ela, talvez até propor um brinde, mas agora não dá.

Não quero ouvir que a garota que eu amo vai casar com outro.

Porque eu amo Parker.

Engulo a bebida e viro a cabeça, fechando os olhos com força.

Amo demais.

"Espera aí", ela me diz, vindo na minha direção. "Não vou falar nada se você não quiser, mas pelo menos me conta por que mudou de ideia..."

Eu me viro para encarar Parker. Meu sofrimento deve estar estampado no meu rosto, porque ela arregala os olhos e dá um passo atrás, surpresa.

De repente, a situação se torna insuportável. Parker é linda demais, e gosto demais dela para isso.

"Falar ou calar", digo com a voz áspera.

"Mas você falou que... Estou confusa."

"*Eu*", explico. "Estamos falando de mim agora. Você quer que *eu* fale?"

Ela franze a testa de leve. "Você tem alguma coisa pra desabafar?"

É quase uma reprodução literal da nossa conversa de agora há pouco, só que com os papéis invertidos. De repente perco a paciência com os joguinhos de palavras, com ter que pisar em ovos um com o outro.

"Senta aí", digo.

"Você está esquisito", Parker comenta.

Ela vai até o sofá mesmo assim, mas eu mudo de ideia sobre sentar. Seguro seu braço e a viro, ficando cara a cara com Parker.

A respiração de ambos está mais acelerada do que a situação exigiria. Mas talvez não, porque a bomba que vou jogar em cima dela não é das menores.

"Parker, eu..."

"Não vá pra Seattle", ela diz de repente, me interrompendo.

"Eu... o quê?"

Parker chega mais perto, parecendo em pânico. "Não vá pra Seattle."

Balanço a cabeça. "Mas já fiz as inscrições e..."

"E daí? Você pode se inscrever em cursos aqui. Em faculdades de Portland."

Não é sobre isso que quero falar no momento, mas acho que pode ser um bom prelúdio para o que tenho a dizer, então sigo em frente. "Não posso continuar aqui."

"Mas precisa", ela responde, com a voz embargada. Parker estende as mãos na direção do meu peito, mas as puxa de volta. "Não pode me abandonar."

Meu coração se despedaça, apesar de eu estar mais do que confuso. "Parks..."

"Ou então eu vou com você!", ela diz. "Quer dizer, vou ter que vir pra Portland o tempo todo por causa da minha mãe, mas posso morar com você em Seattle uma parte da semana e..."

Tem alguma coisa errada. Esse não é o normal dela.

Seguro suas mãos para que interrompa a gesticulação desnecessária. "Parker. O que aconteceu? É sua mãe? Ela piorou?"

Os olhos dela se enchem de lágrimas. "Não. Ela está na mesma. O prognóstico continua valendo." Parker passa a língua nos lábios para segurar as lágrimas, e meu coração se despedaça mais um pouco.

O que está acontecendo aqui?

Respiro fundo. "Lance..."

"A gente terminou." A frase sai acelerada.

Minha primeira reação é de alívio. Um alívio profundo, como se tirassem um peso da alma. Um alívio por mim.

Mas logo vem o sofrimento por ela. Não quero ver Parker passar por tudo aquilo de novo. Não é à toa que está tão agitada. Acabou de levar um pé na bunda.

Só que nada disso faz sentido. Por que ele compraria uma aliança e terminaria tudo em seguida?

"Ele explicou por quê?", pergunto.

"Por que o quê?"

"Por que terminou tudo?", esclareço, mantendo o tom de voz mais suave possível.

"Você não está entendendo!" Parker se solta e dá um passo atrás, mas logo em seguida volta a se aproximar, e bastante.

Ela olha nos meus olhos. "Não me faz calar, Ben. Por favor. Me deixa falar."

Meu coração dispara.

De medo. E de esperança.

Quando as mãos dela se aproximam de mim, estão trêmulas, e Parker hesita em tocar meu rosto.

"Não foi Lance que terminou", ela explica. "Fui eu."

Fico sem fôlego. Não consigo respirar. "Por quê?"

Os olhos dela percorrem meu rosto à procura de algo. "Sério mesmo que você não sabe?"

Meu coração está mais do que disparado agora, mas não consigo me mover.

"Acho que..." Eu me interrompo, e preciso limpar a garganta para poder continuar. "Acho que não vou aguentar o tranco se estiver errado."

"Ontem à noite, depois que cantei pra você, pra onde você foi?"

Minhas mãos se erguem, cobrindo as dela. "Então você estava mesmo cantando pra mim?"

Parker consegue revirar os olhos mesmo eles estando cheios de lágrimas. "Claro."

Fico hesitante, sem saber o quanto posso revelar, mas agora é tarde demais para voltar atrás. "Lance comprou uma aliança", digo, inseguro.

"Eu sei. Eu vi."

"Ele me mostrou", conto a ela. "E pediu minha permissão, ou alguma merda do tipo."

"E você deu?", ela pergunta.

"O quê?"

"Você deu sua permissão?"

"Claro", respondo.

Seus olhos perdem o foco, suas mãos caem ao lado do corpo, e ela dá um passo atrás.

"Não, Parks... não é que... pensei que você estivesse apaixonada por ele. Que *quisesse* casar com o cara."

211

Ela balança negativamente a cabeça. "Mas não queria. Não quero."

Fecho os olhos, com medo de alimentar falsas esperanças.

"Parker..." Minha garganta se fecha, e preciso tossir de novo. "Por que veio aqui hoje?"

"Porque eu cometi um erro", ela murmura. "Prometi que, se a gente transasse, nada ia mudar. Que tudo poderia voltar a ser como era."

Ela olha para o chão antes de se voltar para mim de novo. "Mas eu me apaixonei. E não quero que as coisas voltem a ser como eram."

Abro a boca para falar, mas a felicidade é tanta que não tenho palavras. Não consigo emitir um ruído sequer.

"Se vai me dispensar, pelo menos faz isso logo", Parker diz. "Que nem quando tomei vacina antitetânica no ano passado e você arrancou o curativo. É melhor assim..."

Levo as mãos ao seu rosto. Seguro com força.

E dou um beijo nela.

É um beijo bruto e desesperado, em que despejo todo o meu sentimento, até a última gota.

Recuo um pouco, à procura de algum sinal no rosto dela de que estou sendo claro. Parker ainda parece confusa, então a beijo de novo, dessa vez com mais calma.

"Ben?", ela diz quando me afasto um pouco.

"Você disse que nunca tive uma namorada séria desde que a gente se conhece", falo com a voz embargada. "Quer saber por quê?"

Ela fica hesitante, mas assente.

Dou mais um beijo nela antes de continuar. "Porque me apaixonei por uma garota incrível no primeiro ano de faculdade. Só que não sabia o que era isso, então fiz a única coisa que podia para ficar perto dela: virei seu amigo. Seu *melhor* amigo, e enterrei meus sentimentos tão fundo que nem conseguia mais reconhecer, porque o que interessava eram os sentimentos dela, e o que ela queria era outro cara." Respiro fundo e me obrigo a continuar. Demonstrar a mesma coragem que ela. "Mas quando encostei em você, Parker... eu desmoronei. Todos os sentimentos enterrados vieram à tona e... você entende o que estou querendo dizer, né?"

Ela enxuga os olhos, então assente.

Sorrio. "É bom que sejam lágrimas de felicidade."

Ela sorri também. "Da maior felicidade de todas. Eu te amo, Ben. Deveria ter dito isso assim que entrei."

Dou risada. "Deveria mesmo. Mas *eu* deveria ter dito anos atrás."

Ela se encosta em mim, e seu dedo percorre minha boca como se quisesse memorizar seu contorno. "Então fala agora."

Dobro um pouco os joelhos para nossos olhos se alinharem. "Eu te amo, Parker Blanton. Te amo há muito, muito tempo."

O sorriso que ela abre é tudo para mim.

"Também te amo, Ben Olsen."

"Nova regra da casa", digo. "Você precisa dizer isso todo dia."

"Sou *eu* que faço as regras da casa", ela rebate, cobrindo minha boca com o dedo. "E eu decreto que *você* tem que dizer isso todo dia."

Eu a envolvo nos braços, tirando seus pés do chão. "Isso significa que vou poder ver você pelada de novo?"

Ela dá risada, e eu adoro ouvir esse som. "Depende. Seus lençóis estão limpos?"

Eu a jogo nos ombros e começo a subir a escada. Parker bate nas minhas costas com as mãos abertas. "Isso não é resposta."

Subo com ela e com um sorriso no rosto.

Meus lençóis não estão *nada* limpos.

Mas, no fim, ela nem liga.

Epílogo

PARKER

Oito meses depois.

"Ah, já sei", digo, apontando toda animada para o catálogo do karaokê. "A gente pode cantar essa da Disney."

Ben me olha com uma expressão enojada. "Pode. E eu posso me enforcar com o fio do microfone..."

"Bom, então escolhe *você* uma música", respondo, impaciente.

"Que tal relaxar um pouco?", ele diz, folheando as trilhares de páginas do catálogo. "Tem, tipo, quatro pessoas na nossa frente ainda."

"Não se a gente furar a fila."

"Isso só funciona com você e Lori, e se envolver um bando de tarados. Considerando que Lori está com a língua na garganta do Drake, duvido que esteja interessada em cantar."

"Nem acredito que ela vai *casar* no domingo", comento, olhando para o local onde minha amiga está se agarrando com seu futuro marido.

Isso mesmo. Lori vai casar com um cara que conheceu há menos de um ano.

Sou madrinha, assim como a irmã dela e, acredite se quiser, Eryn.

A garota continua superesquisita, mas passou a ser uma das nossas companhias prediletas agora que a ensinamos a não dizer *tudo* o que passa por sua cabeça.

"Que tal essa?", Ben sugere, me cutucando.

Olho para o papel. "Hã, não. Aliás, para evitar problemas futuros, todas as vezes que você sugerir uma versão em dueto de 'Baby Got Back' vou dizer não. A resposta era não quando éramos só amigos, continuou sendo quando viramos amigos coloridos, e agora que..."

Eu me interrompo, e ele ergue as sobrancelhas. "Agora que o quê? Que somos amantes?"

Entorto o nariz pra ele. "Eu ia dizer 'namorados', mas parece inadequado, né?"

Ele me abraça e me puxa para junto de si. Solto um suspiro de alegria, porque sempre penso que não tenho como estar mais apaixonada, mas a cada dia que passa meu amor cresce, a ponto de perder o fôlego.

"Que tal 'melhores amigos... apaixonados'?", ele diz.

Dou um beijo nele, toda feliz. "Ridículo."

"Aliás, isso incomoda você?", ele pergunta, pensativo. "Passamos anos e anos dizendo que o mundo inteiro estava errado sobre homens e mulheres serem amigos, só pra descobrir que no fim estávamos errados."

"Incomoda *você*?", devolvo a pergunta.

Ele passa os lábios pelo meu pescoço, ignorando que estamos em um bar com karaokê lotado. "Nem um pouco. Nunca fiquei mais feliz por estar errado."

O beijo acaba sendo mais quente do que o pretendido, e um casal atrás de nós pigarreia alto.

"A gente queria ver o catálogo também", o cara diz, incomodado.

Ben o entrega sem desgrudar da minha boca.

Quando enfim paramos para tomar fôlego, na fila do palco, meus olhos percorrem o salão.

Localizo meus pais, que não só estão fazendo vistas grossas para Lori e o namorado, que estão se agarrando na frente deles, como aproveitam para namorar um pouco também.

"Mal posso esperar pra ver minha mãe no palco", comento.

"Acho que nunca a ouvi cantar. Ela é boa que nem você?"

"Não, é péssima. Totalmente desafinada. Mas é uma das coisas na lista dela, então..."

A mão de Ben pousa nas minhas costas, suave, reconfortante, e deixo seu calor aliviar um pouco da tristeza. Minha mãe conseguiu passar pela barreira dos seis meses, o que é um bom sinal. Mas ainda está doente. E muito. O câncer continua devorando seu corpo por dentro.

Estamos experimentando novos tratamentos. Mais agressivos. E ela vai melhorar. Tenho certeza disso.

"Não acredito que me fez sair à noite num dia de semana", Ben comenta com um bocejo.

"Ai, desculpa, vovô."

Dou mais um beijo em seu rosto, porque estou orgulhosa dele. Ben foi aceito em vários programas de pós-graduação em Seattle e em Portland.

E escolheu um daqui. Onde é seu lugar.

"Ei, vai falar com aquelas garotas", murmuro. "Vê se consegue passar a gente na frente."

"Pode deixar."

Ele se afasta, e volta em tempo recorde. "Pronto. É nossa vez."

"Muito bem", digo, impressionada. "E nenhuma delas me olhou feio quando você apontou."

"Por que elas olhariam feio pra você?", ele pergunta, se fazendo de inocente.

Eu o encaro. "Você não falou que eu era só sua amiga, né? O que foi que disse sobre mim?"

"Só falei a verdade." Ben estende a mão para me ajudar a subir no palco, então me abraça.

"Ah, é?", pergunto. "E qual é a verdade?"

Ele me dá um beijo tão doce como sua resposta:

"Eu disse que você é minha melhor amiga."

Dois anos depois.

O Sr. e a Sra. Blanton
desejam ter a honra de sua companhia no casamento de sua filha

Parker Eleanor

com

Benjamin Robert Olsen

a ser realizado no Seaside Lodge, Cannon Beach, Oregon
no sábado, dia 11 de agosto, às 14h30.

Depois da cerimônia haverá uma festa com karaokê.

Dedico este livro a todos que já se apaixonaram por um amigo.
Sei por experiência própria que dá supercerto. Não é, Anth?

Agradecimentos

De tempos em tempos, uma história brota na cabeça de um autor — do nada, ao que parece — e simplesmente precisa ser contada.

Algumas personagens e alguns tipos de história não estão nem aí se o autor tem um milhão de outros projetos em andamento. Não estão nem aí se não se encaixam em um dos gêneros em voga. Ou se vão ter que mobilizar dezenas de pessoas diferentes (inclusive o autor) para ser concretizadas.

É o caso deste livro e de suas personagens. Ben e Parker me vieram à mente em uma quarta-feira qualquer de 2014, e, apesar de estar atolada de projetos, parei tudo o que estava fazendo e comecei a escrever.

Algumas horas depois, já tinha os quatro primeiros capítulos (escritos do jeitinho como você leu aqui) e os mandei para minha agente, pedindo que viessem logo ao mundo.

Minha agente (a incomparável Nicole Rescinti) não pensou duas vezes. Obrigada por me entender, aliás.

Dias depois desse meu "surto", ela vendeu a história para Sue Grimshaw, do selo Loveswept, e agora entram os agradecimentos.

Sem entrar na questão complicadíssima dos prazos editoriais, é preciso dizer que a equipe da Penguin Random House produziu este livro em tempo recorde. Eles não precisavam fazer isso, mas devem ter percebido que eu era louca pela história, porque meio que fizeram o tempo se multiplicar por mim.

Sei que sempre agradeço a toda a equipe que trabalha em todos os meus livros (porque essas pessoas merecem!), mas desta vez foi ainda mais incrível.

Gina Wachtel, Kim Crowser, Katie Rice, Lynn Andreozzi, Daniel Christensen e, acima de tudo, Sue Grimshaw, por favor saibam que minha gratidão é imensa. Me considero uma pessoa de muita sorte por trabalhar com vocês.

TIPOGRAFIA Adriane por Marconi Lima
DIAGRAMAÇÃO Osmane Garcia Filho
PAPEL Pólen Natural, Suzano S.A.
IMPRESSÃO Lis Gráfica, novembro de 2022

A marca FSC® é a garantia de que a madeira utilizada na fabricação do papel deste livro provém de florestas que foram gerenciadas de maneira ambientalmente correta, socialmente justa e economicamente viável, além de outras fontes de origem controlada.